de l'Académie...

Henri Troyat naquit à Moscou, le 1er novembre 1911.

Au moment de la révolution, son père, qui occupait une situation en vue, fut obligé de s'enfuir, et toute la famille entreprit un long exode à travers la Russie déchirée de luttes intestines. Henri Troyat a gardé le souvenir de cette randonnée tragique, qui le mena, tout enfant, de Moscou au Caucase (où ses parents possédaient une vaste propriété), du Caucase en Crimée, puis à Constantinople, à Venise et enfin à Paris, où il arriva en 1920.

Élevé par une gouvernante suisse, Henri Troyat, dès son plus jeune âge, parlait indifféremment le français ou le russe. Il fit toutes ses études en France, au lycée Pasteur, à Neuilly.

Malgré l'attirance de plus en plus grande que le métier d'écrivain exerçait sur lui, il poursuivit ses études, passa sa licence en droit, puis un concours de rédacteur à la préfecture de la Seine.

Entre-temps, ayant été naturalisé français, il partit pour accomplir son service militaire à Metz. Il se trouvait encore sous l'uniforme, quand fut publié son premier roman, *Faux Jour*. Ce livre obtint, en 1935, le Prix du roman populiste.

Rendu à la vie civile, il entra à la préfecture de la Seine, au service des budgets. Le temps que lui laissaient ses occupations administratives, il le consacrait passionnément à la littérature. Coup sur coup, parurent en librairie : *Le Vivier, Grandeur nature, La Clef de voûte*. En 1938, son nouveau roman, *l'Araigne*, reçut le Prix Goncourt.

Mais déjà, Henri Troyat songeait à une œuvre

plus importante. A peine démobilisé, après la guerre, en 1940, il se mit à écrire une vaste épopée, inspirée par les souvenirs de ses parents et de ses proches, sur la Russie : *Tant que la Terre durera* (3 volumes). A cette suite romanesque russe fera écho une suite romanesque française : *Les Semailles et les Moissons* (5 volumes).

Autres fresques « russes » : *La Lumière des Justes* (5 volumes), *Les Héritiers de l'avenir* (3 volumes), *Le Moscovite* (3 volumes). Autre fresque « française » : *Les Eygletière* (3 volumes).

Henri Troyat est également l'auteur de nombreux romans indépendants : *La Neige en deuil, Une extrême amitié, Anne Prédaille, La Pierre, la Feuille et les Ciseaux, Grimbosq*, etc. ; de biographies qui font autorité comme celles de *Pouchkine*, de *Lermontov*, de *Dostoïevski*, de *Tolstoï*, de *Gogol* ; de contes, de souvenirs, de récits de voyage.

Henri Troyat a été élu à l'Académie française en 1959.

LA TÊTE
SUR
LES ÉPAULES

HENRI TROYAT

de l'Académie française

LA TÊTE
SUR
LES ÉPAULES

PLON

© *Librairie Plon, 1951.*

ISBN 2-266-02352-7

A MA FEMME

1

— AVOUE que tu l'aimes!

Elle haussa les épaules et continua à se maquiller devant la glace. Assis sur le bord de la baignoire, les coudes aux genoux, le dos rond, Étienne Martin épiait les moindres gestes de sa mère.

— Cela ne me gêne pas que tu l'aimes, reprit-il, j'en suis même heureux.

Il attendit des remerciements, un sourire. Le bâton de rouge glissa sur les lèvres. Tout le visage s'éclaira autour de ce centre net et ardent.

— Tu as changé de rouge? demanda Étienne.

— L'autre tirait sur le mauve. Il me faisait une bouche triste.

— Peut-être... Il me plaisait bien...

Dès sa plus tendre enfance, Étienne avait aimé assister au maquillage de sa mère. Une fois de plus, il admira ce petit visage à la forte barre sourcilière, à l'œil large et noir, au menton romain. Le masque pur et dur, un peu fané, dominait étrangement un corps

gracile de fillette. Une robe bleue, à corsage plissé et
à col blanc d'écolière, accusait encore cette impression de jeunesse tardive et de fragilité.

— A la place de M. Maxime Joubert, je te
retiendrais pour dîner, dit Étienne.

Elle éclata de rire en secouant ses cheveux courts :

— M. Maxime Joubert a bien d'autres soucis en
tête. Nous nous voyons pour parler affaires...

— Et il t'envoie des fleurs !

— Parce que c'est un galant homme.

— Parce qu'il te trouve à son goût.

— Tu es stupide, Étienne ! Je te défends...

Il bondit sur ses jambes, prit les mains de sa mère
et, la tournant vers lui, de force, plongea dans ses
yeux un regard intransigeant :

— Pourquoi fais-tu des cachotteries avec moi ? Je
ne suis plus un enfant. A dix-huit ans, il me semble
que j'ai le droit de savoir quelles sont tes intentions
exactes pour l'avenir. Je pourrais te conseiller,
t'aider... Est-il vraiment indispensable que tu partes
pour Lyon ?

— Mais oui, Étienne. M. Joubert a eu l'amabilité
de m'introduire auprès de la Société des tissus Alfar.
Si cette maison consent à travailler avec moi, je ferai
de la confection en série. Ce sera la réussite assurée,
la fortune...

— Et tu partiras quand ?

— Dans deux jours, sans doute. M. Joubert me
dira, ce soir, la date et l'heure du rendez-vous qu'il a
pris pour moi.

— Bien entendu, il t'accompagnera !

Elle rougit :

— Mais non, quelle idée!

Étienne plissa les yeux. Il sentait que sa mère hésitait à lui dire la vérité, et ce mensonge lui faisait mal. Dans son for intérieur, il ne pouvait s'empêcher de la considérer comme une enfant vulnérable et coquette, dont il était l'unique protecteur. Il eut peur pour elle d'une déception irréparable. Ce Maxime Joubert, que savait-on de lui? Qu'espérait-il obtenir en échange de ses bons offices? Le mariage? C'était grave. Il ne fallait pas que Marion épousât un homme par lassitude. Elle tourna le robinet d'eau chaude et le vieux chauffe-bain noir, chapeauté de tôle verdie, vrombit, comme prêt à céder sous le choc. Une fine odeur de gaz emplit la salle de bains exiguë, et se mêla au parfum des flacons débouchés.

— Il faudra faire venir le plombier, dit-elle en plaçant ses mains sous le filet d'eau.

— Combien de jours resteras-tu à Lyon? demanda-t-il.

— Quarante-huit heures au plus. Le temps de voir ces gens, de conclure un accord avec eux...

Elle s'essuya les mains, prit une étroite ceinture noire, vernie, qui pendait sur le dossier d'une chaise, et la boucla promptement autour de ses reins :

— Tu m'aimes mieux avec ou sans ceinture?

Au lieu de répondre à sa question, il fronça les sourcils et prononça avec autorité :

— Écoute... C'est sérieux... Je ne veux pas t'empêcher de refaire ta vie...

Elle le regardait avec des yeux bombés et inexpressifs :

— Refaire ma vie? Mais je ne songe pas à refaire ma vie, mon chéri!

— Laisse-moi parler. Si tu ne t'es pas remariée, c'est à cause de moi, j'en suis sûr.

— Non.

— Pourquoi donc, alors?

— Admettons qu'une première expérience ait suffi à me décourager.

Étienne baissa la tête, comme saisi d'un brusque malaise. Il avait six ans lorsque ses parents avaient divorcé, pour des raisons qui, aujourd'hui encore, lui paraissaient inexplicables. Depuis, pas une seule fois il ne lui avait été donné de revoir son père. Ayant quitté Paris, Louis Martin s'était installé à Cauterets et avait épousé, en secondes noces, une femme de condition modeste. Peu de temps après le débarquement des troupes alliées en France, il devait trouver la mort dans un accident. Selon le récit de Marion, il roulait à bicyclette et un camion militaire, lancé sur la route, l'avait accroché et projeté contre un arbre.

— Il ne faut pas croire que tous les hommes sont comme lui, reprit Étienne. Le mariage n'est pas forcément une mauvaise chose.

— Pas forcément.

— Ce M. Joubert, je ne le connais pas, mais c'est, sans doute, un type convenable... S'il t'aime et si tu l'aimes, je serai le premier à te dire de l'épouser. Mais si tu cèdes simplement à la fatigue, si tu obéis à la crainte du lendemain, alors, je t'en supplie, fais-moi confiance. Tu n'es pas seule. Tu n'es *plus* seule... J'ai passé mon bac de philo. Dans trois ans, je serai licencié en droit. Je m'inscrirai au barreau de Paris. Je gagnerai de l'argent. Tu pourras te reposer. Je te ferai... je te ferai une existence magnifique...

Les mots, en passant, raclaient sa gorge. Il se sentait stupidement ému. Gêné, il toussa pour éclaircir sa voix et poursuivit avec une intonation conciliante :

— Quel âge a-t-il? Quarante-cinq ans? Cinquante ans? Il te faut un homme qui ait au moins sept ans de plus que toi...

À ces mots, elle ferma violemment la fenêtre, comme si elle eût craint que les voisins n'entendissent leur conversation. Tout son visage tremblait, rose et chaud, avec une lumière agressive dans les yeux. Elle respirait par saccades. Elle dit :

— Cela suffit, Étienne. Je te répète que M. Joubert s'intéresse moins à moi qu'à ma petite affaire de couture. C'est difficile pour une femme seule de lutter comme ça... Les traites... les échéances... Je compte, parmi mes relations, plusieurs amis avec qui il m'arrive de passer, de temps en temps, la soirée. Jamais, à leur sujet, tu ne m'as parlé de... de sentiment... de mariage... Et tout à coup... C'est ridicule...

— M. Joubert n'est pas comme les autres, dit-il.

— Pourquoi?

— C'est à toi qu'il faut le demander. Tu ne le connais que depuis deux mois et, depuis deux mois, tu as changé de figure. Avec les autres, tu ne changeais pas de figure. D'ailleurs, regarde, tu te fâches. Marion, Marion, pourquoi te fâches-tu?

Depuis qu'il vivait seul avec sa mère, Étienne avait pris l'habitude de l'appeler par son prénom.

— Je ne me fâche pas, dit-elle. Mais tu me gênes par tes questions. Tu oublies un peu trop que...

— Que tu es ma mère et que je te dois le respect? s'écria-t-il gaiement.

Il la dominait de la tête. Elle était, sous son regard, si menue, si jolie, qu'il en fut troublé.

— Parfaitement, dit-elle.

Et, soudain, d'une manière inattendue, ils éclatèrent de rire, debout l'un devant l'autre, unis par la conscience d'une heureuse complicité. Il l'enlaça, la couvrit de baisers, sur les joues, dans le cou, et elle se débattait, gémissait :

— Étienne! Tu vas me décoiffer. J'aurai l'air d'une folle!

— Tu diras à M. Joubert que c'est la faute de ton fils.

— Il ne me croira pas.

— Il sera jaloux?

— Mais non. Pourquoi? Oh! tu m'agaces...

Elle échappa à son étreinte, prit un peigne et le passa dans ses cheveux :

— Voilà!... C'est du propre!... Tu me mets en retard...

— Ne t'occupe de rien, dit-il. Je rangerai ton désordre. Va, va vite...

Il rebouchait les flacons de parfum, revissait le

capuchon du tube de dentifrice, rangeait les pots de crème sur la tablette du lavabo :

— Quelle cuisine!

— Il faut bien, à mon âge, dit-elle.

— Veux-tu te taire? Tu es belle et M. Joubert a bien de la chance!

Elle prit un œillet, qui trempait dans un verre à dents, et l'appliqua contre son corsage :

— Ici?

— Non, dit-il. Un peu plus haut. Et plus à droite. Là. Parfait.

Il ramassa une épingle, qui traînait sur le carrelage, la tendit à Marion et demanda :

— A quelle heure rentreras-tu, ce soir?

— Vers huit heures, sans doute. Mets la table en m'attendant. Nous mangerons froid...

Déjà, elle poussait la porte de la salle de bains et se glissait dans le couloir frais et sombre. Il la suivit, humant son parfum, écoutant le bruissement de sa robe. Derrière le battant vitré du salon-salle à manger, une machine à coudre hachait méthodiquement le silence. Une voix de femme cria :

— Vous sortez, madame Marion?

— Oui, Suzanne. Ne vous occupez pas de moi. Nous déciderons demain pour le boléro...

Et, tournée vers son fils, elle ajouta à voix basse :

— Je ne veux pas la voir, j'en aurais pour une heure. Elle est si bavarde! Que vas-tu faire en m'attendant?

— Lire.

— Lire? Toujours lire! Incorrigible philosophe!

Elle lui ébouriffa les cheveux d'une main garçon-
nière, jeta un baiser sur sa joue, ouvrit la porte du
palier et ne fut plus, bientôt, qu'un petit pas pointu
heurtant le clavier des marches.

Sans transition, il se trouva seul et désœuvré, dans
l'antichambre où une glace brillait entre les fantômes
de deux manteaux parallèles. Le bruit de la machine
à coudre devint assourdissant. Puis, il y eut un
silence : Mme Marthe coupait le fil, faisait pivoter
l'étoffe. Quand la machine à coudre se remit en
marche, Étienne eut l'impression qu'une aiguille
rapide le perçait, lui-même, de mille trous. « Plus
tard, pensa-t-il, lorsque je serai avocat, je flanquerai
les couturières à la porte et installerai mon bureau
dans cette pièce. Notre maison deviendra la maison
d'un homme. Il le faut. » Sa main s'attardait sur le
bec-de-cane en cuivre cannelé. Il poussa le battant.
Un violent soleil d'août embrasait la salle à manger,
aux meubles de bois brun. Quatorze coqs étaient
peints sur quatorze assiettes, plaquées contre le mur.
Une suspension massive, formée de boules, de lianes
et de bobéchons en bronze, pendait du plafond
comme un monstre marin flottant entre deux eaux.
Le babillage idiot de la machine à coudre faisait
trembler le parquet. Mme Marthe et Mlle Suzanne
travaillaient là, dans un désordre d'étoffes déchique-
tées, de bobines, de ciseaux et de journaux de mode.
Les chapeaux de ces dames étaient posés sur la
cheminée, de part et d'autre d'une pendule en métal
jaune à colonnettes de marbre. Elles ne levèrent pas

la tête à l'approche de l'intrus. Mais Mlle Suzanne, la bouche hérissée d'épingles, dit :

— Alors, monsieur Étienne, toujours à la maison? Ça ne vaut rien pour un jeune homme de votre âge!

Penchée sur la table, elle taillait une soie bleue à fleurettes blanches. Les ciseaux mordaient le tissu avec un bruit de neige qui craque. L'air sentait la transpiration féminine et la colle d'apprêt. Il faisait chaud. Mme Marthe était vieille, bossue, poudrée de talc, avec un œil espagnol et des mains déformées par les rhumatismes. Mlle Suzanne, sèche et blonde, le nez luisant, portait un corsage transparent en tulle mauve. Considérant Étienne qui ne disait mot, elle murmura encore, pour l'encourager à se départir de son mutisme :

— Quelle chaleur, hein? Même pour le plein été, ce n'est pas normal. Je suis en nage de moi-même. Quand on pense à tous les veinards qui s'offrent des vacances dans des endroits aérés!...

Elle remonta, sous sa blouse, la bride de la combinaison, qui avait glissé. Un sourire superficiel erra sur ses lèvres. « Contre ce mur, songea Étienne, j'installerai ma bibliothèque. Une grande table avec le téléphone dessus. Une table de décharge pour les dossiers. A droite, un fichier contenant les adresses des clients... »

— Je finis celui-ci et je me tire, reprit Mlle Suzanne. Six heures passées! J'aurais voulu parler à votre maman pour le boléro de Mme Piat. Mais elle paraissait pressée...

Étienne détourna la tête et dit :

— Oui, elle avait un rendez-vous. Si vous voulez partir...

— On s'en va ! On s'en va !

Il lui sembla que les deux femmes étaient mieux renseignées que lui sur les relations de sa mère avec l'inconnu. « Savoir s'ils ont déjà couché ensemble », pensa-t-il. Un flot de sang frappa son visage. Il sortit de la pièce sans se retourner. Derrière la porte refermée, il crut entendre des chuchotements et des rires : « Est-ce de moi qu'elles se moquent, ou de maman ? Mais peut-être ne se moquent-elles de personne ? Elles rient entre elles, comme ça. Il est normal que maman songe à se remarier. Un de ces jours, elle me présentera à ce Maxime Joubert. Un personnage un peu gras, un peu grisonnant, un peu pontifiant. Négociant en textiles, membre de plusieurs conseils d'administration. Je le vois d'ici. Mon père, lui, n'était que le directeur d'un cinéma de quartier, dans le douzième arrondissement. On ne juge pas un homme sur son métier. Si Marion épouse Maxime Joubert, nous deviendrons des amis. A cause d'elle. Uniquement à cause d'elle. »

Il soupira, sans tristesse, et pénétra dans sa chambre, qu'il retrouvait toujours avec plaisir.

Une maigre fissure traversait la matière crayeuse du plafond. Le papier des murs était voué à une végétation monotone de liserons délavés et de fibrilles vertes. La carpette montrait sa corde. Il y avait des livres sur les rayons d'une étagère, sous l'armoire, sur l'armoire, sur le lit, sous le lit, partout. Dominant la cheminée, trônait un buste en plâtre,

dont les prunelles et les cheveux avaient été peints à
l'encre de Chine. De chaque côté de la fenêtre, deux
sous-verres servaient de prison limpide à d'énormes
papillons aux ailes vertes, diaprées. Une épingle les
clouait, par leur corselet, à un rectangle de carton
blanc. Étienne prit sur la table une mince brochure à
couverture saumon. C'était le palmarès de la dernière
distribution des prix. Le discours d'introduction
avait été prononcé, cette année par le professeur de
philosophie, M. Thuillier. Étienne ouvrit le livret à la
première page : *Dans le désarroi du monde moderne,
au lendemain d'un conflit sanglant et confus, à la
veille, peut-être, d'un choc plus incroyable encore, c'est
vers vous, jeunes gens, que se tourne l'espoir de ceux
qui ont eu pour mission de préserver, vaille que vaille,
les fragiles valeurs de la culture, de la recherche et de
la liberté. Toute tâche, même absurde, même condam-
née, peut s'accomplir dans l'allégresse. Il n'est pas de
destin qui ne se surmonte par l'orgueil. L'homme qui se
veut homme doit accepter les servitudes de cet état
comme autant d'avantages propres à sa condition.*
Étienne tourna quelques pages : *Prix d'excellence :
Martin (Étienne)... Premier prix de philosophie :
Martin (Étienne), deuxième prix de philosophie :
Biosque (Clément)... Premier prix de physique et
chimie : Palaiseau (Bernard)... Deuxième prix de
physique et chimie : Martin (Étienne)... Premier prix
d'histoire et géographie : Martin (Étienne)...*

Un sourire lui vint aux lèvres. Il se sentait
vraiment le premier. En tout. Rien ne saurait lui
résister quand il entrerait dans le monde des

hommes. Il passa une main sur ses joues, où la barbe
commençait à poindre. Depuis quelque temps, il se
rasait tous les deux jours, pour activer la croissance
de ce duvet. Sa poitrine se gonfla d'une force telle,
qu'il regretta subitement de n'avoir pas devant lui un
adversaire à combattre, un contradicteur à désarmer,
une femme à séduire. La glace de l'armoire lui
renvoyait l'image d'un grand garçon maigre, au front
bosselé, aux cheveux blonds hirsutes, à la bouche
souple et large d'orateur. Un feu liquide bougeait
dans ses prunelles vertes, marquées au centre d'un
tout petit point noir. Il ne ressemblait pas à sa mère.
Et à qui donc? A Louis Martin? Marion prétendait
que non. Mais Étienne la soupçonnait de n'être pas
sincère : « Qu'est-ce que ça peut lui faire que je
ressemble à mon père? Le déteste-t-elle à ce point?
Elle en aurait le droit après ce qu'elle a enduré par sa
faute. Moi-même, d'ailleurs, je le déteste. Je le
déteste et je le plains. Pauvre idiot! » Il répéta, à mi-
voix, avec une sorte de rage :

— Pauvre idiot!

Ayant été, depuis sa première enfance, éloigné de
son père, Étienne éprouvait de la peine à croire que
ce personnage eût existé réellement : un front dégagé,
un nez court et sec, une fine moustache. Il était
impossible d'animer ces lignes, de tirer un geste, une
voix, de ce fantôme noué dans le refus.

Étienne s'assit sur le lit, et un livre, délogé par
l'affaissement du sommier, tomba sur la carpette.
C'étaient *les Confessions,* de Jean-Jacques Rousseau.
Le bouquin, au dos cassé, donnait à la lumière sa

prose imprimée très fin. Étienne ramassa le volume, le feuilleta d'une main négligente : *Je sens mon cœur et je connais les hommes. Je ne suis fait comme aucun de ceux que j'ai vus; j'ose croire n'être fait comme aucun de ceux qui existent. Si je ne vaux pas mieux, au moins suis-je autre...* Page après page, il se laissait pénétrer par la musique intime de cette confidence. Imbibé de lecture, il oubliait le temps qui passait et le lieu qui changeait de lumière. Les malheurs harmonieux de Jean-Jacques Rousseau devenaient le fond même de sa propre existence. Quand ses yeux furent fatigués par le texte aux lignes serrées, il prit un autre livre : *Le monde comme volonté et comme représentation,* de Schopenhauer. On eût dit que Jean-Jacques Rousseau continuait à se plaindre par l'intermédiaire du philosophe allemand : *Avec ses espérances déçues et ses accidents qui déjouent tous les calculs, la vie porte l'empreinte d'un caractère propre à nous inspirer le dégoût.* Cette formule plut à Étienne. Il voulut la copier dans son carnet. Mais, comme il se levait, le téléphone sonna. « C'est Marion qui m'appelle. Elle ne rentrera pas pour le dîner. » Un pressentiment funeste le poussait vers l'antichambre. Il décrocha l'appareil.

— Allô! Étienne Martin? Ici, Palaiseau.

Bernard Palaiseau était un camarade de classe, dont la fréquentation ne présentait pas le moindre intérêt. Pourtant, après ce long délai de solitude, Étienne fut heureux d'entendre une voix amicale :

— Qu'est-ce que tu fous, ces jours-ci? demandait Palaiseau.

— Rien de spécial, dit Étienne. Et toi? Je croyais que tu devais quitter Paris pour les vacances...

— Changement de programme. Mon père est fauché. Toute la famille fait ceinture. On pourrait se voir.

— Si tu veux.

— Quand?

Étienne calcula que, dans deux jours, Marion serait partie pour Lyon. D'ici là, il ne voulait pas disposer de son temps.

— Jeudi, répondit-il, je serai libre.

— Je passerai te prendre le matin, de bonne heure. On fera un tour, en vélo.

— D'accord.

Il reposa le téléphone sur sa fourche. La perspective d'une promenade à bicyclette avec Palaiseau lui était agréable. « D'un côté Bernard Palaiseau et, de l'autre, Arthur Schopenhauer. N'est-il pas étrange que je sois attiré, tour à tour, par ces deux pôles extrêmes de la vie? Puis-je être moi-même, tout en admettant pour mon esprit cette curieuse divergence d'inspiration? Bientôt, si cela continue, j'aurai l'impression de lire du Palaiseau et de pédaler avec Schopenhauer. » Il sourit à cette idée saugrenue et se promit de la rapporter à son camarade. A l'étage supérieur, un enfant tirait un chariot, cognait des meubles. Mme Marthe et Mlle Suzanne, leur travail fini, avaient quitté la maison. Il était temps de dresser la table. Étienne entra dans la salle à manger, rendue à sa destination bourgeoise. Une housse coiffait la machine à coudre. De l'avenue de Tour-

ville montait une rumeur de ville chaude, feuillue.
Étienne déplia la nappe, plaça deux assiettes l'une en
face de l'autre et s'immobilisa, songeur. Un jour,
peut-être, y aurait-il trois assiettes, trois couverts, sur
cette même table? « Mais non. Il est riche. Nous
irons habiter chez lui. » A peine eût-il formulé cette
supposition, qu'il la repoussa avec véhémence : « Elle
ira, si elle veut. Pas moi. J'ai mon mot à dire. » Il
posa la bouteille de vin rouge sur une rondelle en
liège. Les quatorze coqs le regardaient faire avec une
attention narquoise. Ses mains travaillaient dans le
présent et son esprit dans l'avenir : « Si elle revient
avant huit heures, c'est qu'elle ne l'épousera pas. Si
elle revient après huit heures... Si je peux faire tenir
ces deux porte-couteau en équilibre l'un sur l'autre,
c'est que je m'entendrai bien avec mon futur beau-
père. Sinon... Si l'autobus corne en passant sous la
fenêtre... »

Une cendre impalpable entrait dans la pièce. La
pendule de la cheminée sonna huit heures. Peu de
temps après, une clef tourna dans la serrure. Étienne
se rua dans le vestibule. Elle dit :

— Je ne t'ai pas trop fait attendre?

Il ne répondit pas et concentra toute son attention
sur ce visage, qui, dans la pénombre, semblait
restituer la lumière du jour. Les yeux, la bouche,
trois points de joie. Il eut mal. L'œillet rouge du
corsage, froissé, fané, baissait la tête.

— Eh bien, dit-il, quand pars-tu?

— Demain soir.

— Par le train?

— Mais oui... M. Joubert est sûr que je réussirai à traiter avec ces messieurs. S'il en est ainsi, j'embaucherai une troisième ouvrière, une spécialiste du flou...

Elle parlait et il la laissait dire, touchant son épaule, respirant son parfum, regardant son front, ses cheveux.

2

DEUX coups de sonnette : c'était le courrier. Étienne ouvrit la porte. La concierge se tenait sur le seuil, une liasse d'enveloppes à la main. Elle demanda :

— C'est un ami à vous qui est venu en vélo, tout à l'heure ?

— Oui.

— Faudra lui dire qu'il est interdit de laisser les bicyclettes dans l'entrée. Ça encombre le passage. Il y a une place exprès, au fond de la cour.

— Il ne savait pas, dit Étienne. D'ailleurs, nous allons partir, d'un moment à l'autre.

La concierge, épaisse et pâle, essoufflée, le considérait avec reproche :

— Vous comprenez, si tout le monde mettait ses bicyclettes dans l'entrée...

Étienne prit les lettres, sourit, referma le battant. La voix de Mme Marthe cria :

— Qu'est-ce que c'est ?

— Le courrier, dit Étienne.

— Ah! bon, dit Mme Marthe.

La machine à coudre reprit son bourdonnement régulier, derrière la porte vitrée. Étienne voulut lire les adresses sur les enveloppes. Mais il faisait trop sombre dans le vestibule. Il rentra dans sa chambre, où Bernard Palaiseau l'attendait, assis dans un fauteuil, le menton renversé, les pieds placés en équerre.

— J'ai cru entendre qu'elle râlait à cause de mon clou, dit-il. Elles sont toutes les mêmes. Leur rêve serait de n'avoir que des vieillards impotents comme locataires...

Il bâilla voracement et projeta devant lui ses deux mains aux doigts retournés et noués en corbeille. Le soleil, tombant par la fenêtre ouverte, enflammait sa tignasse drue, couleur d'acajou, et ses joues poupines semées de taches de rousseur. Un veston de coupe américaine, beige derrière, bleu devant, pendait, tel un sac, sur ses épaules. Ses chaussures en cuir jaune, à grosses coutures, brillaient.

— Tu as de belles godasses, dit Étienne.

— Je les ai chipées à mon père. Nous avons le même pied. C'est commode!

— Oui... Bien sûr...

Tout en parlant, Étienne glissait les enveloppes d'une main dans l'autre pour vérifier l'indication du destinataire.

— Elles sont pour toi, toutes ces lettres? demanda Palaiseau.

— Oh! non. Pour ma mère.

Des prospectus, la facture du téléphone, une carte

postale représentant la promenade des Anglais, à Nice. A l'envers, ces quelques mots tracés d'une écriture capricante : *Bon souvenir et mille baisers — Daisy*. C'était une cliente de Marion. Soudain, le regard d'Étienne s'arrêta sur une enveloppe carrée, portant le cachet d'Agadir-Maroc. L'adresse était rédigée à son nom.

— Alors? grommela Palaiseau. On part? Il est déjà dix heures. Si tu veux rouler dans le Bois, il faut faire vinaigre.

— Attends un peu, dit Étienne.

Il décacheta le pli et en tira une feuille de papier, à bords festonnés, imitant le parchemin. L'écriture de la missive lui était inconnue. D'un bord à l'autre de la page, couraient des lettres maladroites, boiteuses, couchées comme par un coup de vent :

Monsieur,

Je ne vous connais pas, mais le sort a voulu que nous ayons un grand deuil en commun. Je suis la seconde femme de votre père. Après sa mort, j'ai fait une demande officielle au greffe, et, en ma qualité de veuve, ces messieurs m'ont remis les objets personnels et sans valeur qui avaient été enlevés à Louis Martin. Peu de chose, bien sûr, mais mieux que rien. J'ai conservé pieusement ces reliques du défunt jusqu'à ce jour. Maintenant, je suis très malade. Les médecins prétendent que je guérirai. Pourtant, je ne le crois pas. Comme je n'en ai plus pour longtemps à vivre, je veux mettre mes affaires en ordre. Feu mon mari m'a souvent parlé de vous. Plusieurs fois, il a voulu vous revoir à l'époque où ça allait si mal pour lui. Mais vous n'étiez qu'un tout petit garçon encore et votre mère s'est opposée à son projet. Je ne la juge pas. Elle avait ses raisons. Néanmoins, j'ai pensé bien faire en vous envoyant, par la poste, les quelques souvenirs de notre cher disparu qui sont en ma possession. Vous recevrez le paquet séparément. J'espère qu'il vous fera plaisir. Et c'est dans cette pensée que je signe, avec mes sentiments distingués.

Veuve Louis Martin.

— Rien de grave ? demanda Palaiseau.

— Non, dit Étienne, enfin je ne crois pas... des histoires de famille...

Il relut la missive attentivement. L'idée de recevoir des objets ayant appartenu à son père ne lui procurait qu'une satisfaction minime. Sans doute s'agissait-il d'un porte-monnaie ou d'une pipe, que les agents de la circulation avaient trouvé sur le corps de Louis Martin, après son accident. Aucune importance. Étienne prit l'enveloppe, regarda le timbre : Agadir... Il imagina des sables, des palmiers, des mosquées, des maisons blanches, et aussi une femme seule, vulgaire, précocement vieillie, qui écrivait à la lueur d'une lampe en reniflant de grosses larmes de cuisinière. Un peu de pitié se glissa dans son cœur pour cette correspondante triviale.

— Grouille-toi, dit Palaiseau.

Étienne fourra la lettre dans la poche de son veston et poussa son camarade vers la porte.

Ils pédalèrent longtemps, côte à côte, dans les allées vertes qui sentaient la poussière. Parfois, une automobile les dépassait, dans un hurlement de vitesse, et Bernard Palaiseau criait : « Salaud ! » ou : « Capitaliste ! » Étienne riait, du bout des dents, par pure complaisance. Mais, au fond, il ne s'amusait pas. Penché sur son guidon, la tête rentrée dans les épaules, il pensait constamment à Marion, à Maxime Joubert, à la lettre, et un sentiment d'amertume occupait son cœur. Pour réagir contre cette tristesse engourdissante, il accéléra l'allure et prit de l'avance sur son camarade. Le vent sifflait à ses oreilles, comme une gaule flexible fouettant les herbes. Entre ses jambes actives, le vélo se balançait et vibrait, métallique, rapide. Une chaleur montait de ses mollets à son ventre. Derrière lui, il entendit Palaiseau qui glapissait :

— Attends-moi !... Tu as un développement... un développement plus grand que le mien !... Ce n'est pas juste !...

« Je l'ai semé », se dit Étienne. Il en conçut une fierté légitime et continua à pédaler bon train, sur la route qui bordait le champ de courses d'Auteuil.

Quand il s'arrêta enfin, à bout de souffle, dans un chemin secondaire, Bernard Palaiseau avait disparu. Étienne choisit du regard un coin de pelouse ombreux et calme, appuya son vélo contre le tronc d'un arbre et s'étendit dans l'herbe pour reprendre sa respiration. Il était couché sur le dos, les mains

croisées derrière la nuque. Sous sa chemise trempée
de sueur, il sentait le froid de la terre. Là-haut,
tamisé par les feuillages, le soleil avait la bougeotte.
« C'est drôle, pensa Étienne, que cette femme
m'écrive ainsi, sans me connaître, et m'envoie des
objets que je n'ai pas demandés. Marion a tort de ne
jamais me parler de mon père. Quelle que soit sa
rancune envers Louis Martin, elle devrait se rappeler
que je suis son fils et que, comme tel, j'ai le droit
d'être renseigné. Je ne possède même pas une
photographie de lui, à la maison, pas une lettre. Elle
a tout brûlé. Et il faut que ce soit une étrangère qui
se charge de ranimer en moi le souvenir de l'homme
dont je porte le nom. » Fermant à demi les yeux, il
évoqua une odeur de tabac, un sourire viril, la
caresse d'une main lourde dans ses cheveux. Quoi
encore? Cette époque lointaine n'avait laissé en lui
que des traces rares et décolorées. Quelques pauvres
images, toujours les mêmes, répondaient à l'appel de
sa mémoire. C'était la veille de la Noël ou du nouvel
an. Son père le soulevait dans ses bras, pour lui
montrer la vitrine d'un grand magasin, bourrée de
poupées, de trains, de bateaux. Autour d'eux, des
gosses criaient dans la nuit, qui sentait le gel et le
sucre brûlé. Dominant la foule, Étienne ne voulait
plus descendre. Sa mère se fâchait. Son père disait :
« Laisse donc, Marion, je ne suis pas fatigué. » Un
soir, il avait appris à Étienne la façon dont on
bourrait une pipe. A table, il n'était pas rare qu'il fît
des plaisanteries ou affectât, pour amuser l'enfant, de
manger sa soupe avec une fourchette. Rien, semblait-

il, ne laissait prévoir qu'il fût un méchant homme. Que s'était-il passé entre lui et Marion? Chaque fois qu'Étienne avait tenté d'interroger sa mère sur les premières années de son mariage, sur le divorce, le départ et la mort de Louis Martin, elle avait éludé ses questions avec une mine attristée. Évidemment, elle voulait oublier cette expérience décevante. Étienne se souvenait vaguement du visage de Marion, tiré et luisant de larmes. Des portes claquaient. Un poing tapait sur une table. Une voix de femme criait : « Tu n'as pas le droit, Louis... » Puis, c'étaient le silence, le vide. On changeait de quartier, d'appartement. Une machine à coudre faisait son entrée dans la maison. Il n'y avait plus de vêtements d'homme dans les placards. L'odeur du tabac s'était volatilisée. Mme Marthe et Mlle Suzanne apportaient dans la salle à manger leur attirail de ciseaux et d'étoffes coupées, leur parfum sur et leur bavardage. Marion reprenait son nom de jeune fille et devenait Mme Loiselet. C'était la fin d'une époque, d'un règne. Étienne s'étonnait encore d'avoir si peu souffert de ce bouleversement familial. S'il y pensait aujourd'hui, c'était à cause de la lettre qu'il avait reçue. Et aussi, bien sûr, parce que Marion songeait à se remarier. Pourquoi pas Maxime Joubert? « Si j'avais aimé mon père, si j'avais respecté sa mémoire, une telle idée m'eût paru sacrilège. Mais il nous a plaqués. Il a fait le malheur de Marion. Qu'il soit mort, cela ne change rien... » Il imagina un vélo écrasé contre un arbre, ruiné, plissé, avec les roues inutiles et le guidon tordu. Une masse humaine, tachée de sang,

gisait sur la route. Cette vision ne soulevait en lui
qu'une curiosité raisonnable. « Il ne méritait pas une
autre fin. S'il avait vécu, je l'aurais recherché pour lui
dire mon mépris, ma colère. » Le timbre grelottant
d'une bicyclette le tira de sa méditation.

— Hé! je suis ici, cria Étienne.

Bernard Palaiseau enjamba le fil de fer qui
entourait la pelouse et jeta son vélo dans l'herbe :

— Toi alors!... Tu me la copieras!...

Il parlait avec effort, la voix sourde, les lèvres
tremblantes. Sa figure était bouffie de fatigue. Il se
laissa tomber de tout son poids à côté d'Étienne et
ferma les yeux, comme pour s'endormir. Non loin
d'eux, sur la gauche, des gamins jouaient au football.
Une jeune femme, vêtue d'une robe blanche, passa
dans le chemin; elle poussait une voiture d'enfant,
qui grinçait à chaque tour de roue. Bernard Palaiseau
tira un mouchoir de sa poche et le posa sur son
visage en feu. On ne voyait plus que ses cheveux
roux. A l'endroit du nez, le mouchoir se soulevait en
pointe. A l'endroit de la bouche, il y avait un creux,
où le tissu, un peu humide, palpitait comme une
membrane.

— Tu vas avoir encore plus chaud comme ça, dit
Étienne.

— Pas du tout, dit Palaiseau. Ça repose. Il me
faut du temps pour récupérer.

— Si tu avais eu un vélo convenable, tu m'aurais
suivi...

— Non. Je n'ai pas ton coffre. Je suis sûr que tu
battrais Maroussel au sprint...

— Penses-tu!

Ils discutèrent âprement des qualités sportives de Maroussel, qui avait été trois fois premier en gymnastique.

— Maroussel n'a pas tellement de mérite, dit Palaiseau. Il n'est bon qu'à faire jouer ses muscles. Mais toi, tu es à la fois un physique et un mental. Et ça, crois-moi, mon vieux Martin, c'est très rare!

Étienne rougit de plaisir et murmura, à tout hasard :

— Je n'en sais rien. On est comme on est...

Puis ils citèrent d'autres camarades, en dénombrant les vertus et les défauts de chacun. Peu de garçons résistaient à la critique acerbe de Palaiseau. A l'entendre, de toute la classe, seul Étienne Martin méritait une entière considération.

— J'ai beaucoup parlé de toi à mes parents, dit-il. Un jour, tu viendras à la maison, je te présenterai...

— Que font-ils, tes parents? demanda Étienne.

— Mon père est ingénieur chimiste. C'est un type formidable. Nous nous entendons très bien. Le dimanche matin, nous jouons au billard ensemble.

Quand ses camarades lui parlaient de leur père, Étienne se sentait en état d'infériorité. Il lui semblait que, dans la construction de son univers intime, quelque chose manquait, une voix forte, un regard vigilant, une présence, une autorité d'homme mûr. Son milieu à lui était strictement féminin et douillet. Tout en rondeurs, en parfums, en tiédeurs précieuses. Il vivait là-dedans, depuis des années, avec la nostalgie inconsciente de la virilité. Une fois de plus, il regretta le divorce de ses parents, la mort absurde de ce père qu'il avait mal connu.

— Moi, mon père est mort, dit-il.

— Je sais, dit Palaiseau.

Étienne se représenta M. Palaiseau jouant au billard avec son fils.

— Et ta mère s'occupe de couture? reprit Palaiseau. Ce doit être intéressant.

— Erreur, dit Étienne avec gravité. La concurrence est terrible. Certaines clientes ne paient pas. Si tu savais comme j'ai hâte de me dégager, de gagner ma vie!

— Tu veux toujours être avocat?

— Oui.

— Il paraît que c'est long comme apprentissage. Remarque bien que tu as tout ce qu'il faut pour t'imposer. La prestance, l'éloquence. Plus tard, si je suis obligé de faire un procès, c'est toi que je choisirai pour me défendre.

— Pourquoi?

— Parce que j'ai confiance en toi, dit Palaiseau.

Étienne se mit à rire, flatté, gêné, les mains faibles :

— Tu as confiance en moi?

— Bien sûr, dit Palaiseau. Tout ce que tu entreprends, tu le réussis. Tes devoirs de philo, j'avais envie de les recopier pour les conserver dans mes archives. Et puis, tu as une belle gueule!

— Tu exagères!

— Non, mon vieux, je t'assure que tu es très beau. Tu auras toutes les filles que tu veux. C'est important, dans une carrière. On arrive par les femmes. A qui ressembles-tu, à ton père ou à ta mère?

— Je ne sais pas, dit Étienne.

Il hésita un peu et ajouta :

— A mon père...

— Moi aussi, dit Palaiseau. Seulement, je suis moche. Je le sais et je m'en fous. Plus tard, je me mettrai dans le commerce. Je ferai des affaires et tu seras mon conseiller juridique. A nous deux, nous édifierons une fortune énorme!

Un silence s'appesantit sur eux, fait de bruissements aériens et de cris d'enfants en querelle. Étienne songea que Palaiseau lui était tour à tour déplaisant et sympathique. « Il m'aime plus que je ne l'aime. Il m'admire. Et moi, je ne peux pas l'admirer. Suis-je vraiment un être supérieur? Oh, oui! Je les étonnerai tous. Je forcerai le destin. On parlera de moi... » Il allongea le bras et toucha de la main la pédale de son vélo, posé contre un arbre. La pédale pivota autour de son axe. Palaiseau retira le mouchoir qui couvrait son visage et dit :

— En somme, ta mère reçoit des clientes qui viennent essayer des robes, chez elle, dans le salon?

— Oui, dit Étienne.

— Et toi, où es-tu pendant ce temps-là?

— Comment ça, où je suis? Dans ma chambre, parbleu!

— Tu n'as jamais vu?

— Quoi?

La figure de Palaiseau se plissa dans une grimace moqueuse. On ne voyait plus ses yeux. Il chuchota :

— Je pensais que tu aurais peut-être vu des femmes... des femmes en combinaison, ou toutes nues...

— Non, dit Étienne.

— Tu es bien placé, pourtant. Moi, dans la maison d'en face, à l'étage des bonnes...

Il pouffa de rire dans son poing. Étienne lui lança un regard surpris.

— Elle est rousse comme moi, reprit Palaiseau. On se fait des signes.

— Et tu as déjà essayé...?

— Non, répliqua Palaiseau. J'attends de trouver mieux. Mon père m'a dit qu'un de ces jours il me présenterait à une chouette petite amie. Il est très moderne, mon père. Il prétend que le premier pas est important...

Étienne se remit à tourner la pédale de son vélo. Lui aussi, maintenant, songeait à ce « premier pas » et s'efforçait d'imaginer le visage de celle qui, un jour, sortirait de la foule à son intention. La pensée de cette union charnelle avec un être si différent de lui, par le corps et par l'âme, par la vêture et par le mouvement, le comblait d'une stupeur agréable.

— Quelquefois, la nuit, je ne peux pas dormir, dit Palaiseau. Il me semble qu'une femme est assise à califourchon sur ma poitrine. Ses jupes me couvrent la figure.

Il reprit son mouchoir et le jeta sur sa face :

— Comme ça. Exactement comme ça. Et je respire, là-dessous. Ça m'excite...

Les fesses d'Étienne, endolories par la selle, deve-

naient dures, incommodes. Il changea de position et
s'étendit sur le flanc.

— Tu es le premier à qui je dise ça, avoua
Palaiseau.

Son souffle faisait palpiter le mouchoir. On eût dit
qu'un cœur de poulet battait sous cet écran ténu et
sale. Un sentiment de dégoût emplit Étienne jusqu'aux lèvres. Il n'aimait pas la façon vulgaire dont
son camarade parlait de l'amour. Ayant toujours
vécu dans le sillage de Marion, il ne pouvait
s'empêcher de croire que toute plaisanterie salace,
visant les femmes en général, insultait sa mère en
particulier. Il l'avait accompagnée, la veille, à la gare.
Elle était partie seule. Mais peut-être Maxime Joubert l'attendait-il à Lyon? Soudain, il imagina
Marion dans les bras d'un homme, et un vide se
creusa dans sa poitrine.

— Veux-tu que nous soyons des amis? demanda
Palaiseau.

— Oui, chuchota Étienne.

Il ne pensait pas à ce qu'il disait. Un ballon de
football roula jusqu'à lui, et il le repoussa du pied,
avec humeur.

— Merci, monsieur! cria une voix d'enfant.

Étienne ne fut même pas heureux de s'entendre
appeler : monsieur. Depuis quelques secondes, il lui
semblait qu'un brusque décalage s'était opéré dans sa
conscience. Il éprouvait, tour à tour, l'impression
étrange de ne pas exister, et celle, non moins étrange,
d'être la seule créature vivante sur la terre. L'enseignement de M. Thuillier avait familiarisé toute la classe

avec cet état de méditation, que le professeur nommait
« la perplexité féconde ». On fermait à demi les yeux.
On retenait son souffle. On gravissait des gradins de
nuages : « Qui suis-je? Quel est le sens de la vie? De
quelle manière dois-je me conduire pour exploiter à
fond cette promesse de moi qui est en moi-même? »
Parvenu à ce point de vertige, on dégringolait les
échelons quatre à quatre, on se cramponnait à son
banc, on se disait : « Il y aura des pommes frites
pour le déjeuner! » ou bien : « Ici, Étienne Martin. »
Et un bonheur tremblant vous pénétrait le corps,
comme si on avait échappé à un accident.

— Où es-tu? demanda Palaiseau.

— Je réfléchissais, dit Étienne.

— A quoi?

— A rien... à tout... à la vie...

— Il ne faut pas réfléchir à la vie, dit Palaiseau. Il
faut vivre.

Étienne se souleva sur ses coudes et murmura :

— Est-ce que tu as vraiment la sensation que tu
vis, en ce moment? Est-ce que tu coïncides exactement avec ce que tu crois être? Est-ce que tu n'as pas
l'impression qu'à force de volonté tu pourrais te
penser, te créer oiseau ou poisson? Je me demande
parfois quelles sont les idées de Thuillier quand il se
trouve seul en face de lui-même. Tu sais qu'il prépare
un essai philosophique qui fera l'effet d'une bombe?
Il me l'a dit après la distribution des prix, quand
nous sommes allés prendre un verre, tous ensemble.
Cela s'intitulera : *Mesure du néant*. Nous devrions lui
rendre visite, à la rentrée...

— Pour quoi faire?

— Pour bavarder avec lui. C'est un chic type. Il serait enchanté...

— Tu as son adresse?

— Oui : 13, rue de l'Éperon.

— Tu iras seul, dit Palaiseau. Moi, la philosophie m'emmerde.

— Je pensais comme toi, au début de l'année, dit Étienne. Après, je me suis laissé prendre. Thuillier est un forceur de blocus. On ne peut pas lui résister. Quel dynamisme! Quelle intelligence! Et puis, ce qu'il y a d'agréable avec ce gars-là, c'est qu'il traite ses élèves en amis. Ce n'est pas le vieux Ponchon, qui nous aurait emmenés au bois de Boulogne, pour faire son cours de philo en plein air, comme du temps des Grecs.

Tout à coup, Étienne se demanda, très objectivement, s'il eût aimé que Marion épousât M. Thuillier. Certes, M. Thuillier n'était pas beau : grand et gros, le bedon en avant, la face spongieuse, les yeux recouverts par des verres épais. Mais, dès qu'il ouvrait la bouche, on oubliait sa disgrâce physique et ses vêtements mal taillés. Par jeu, Étienne imagina sa mère rencontrant le professeur de philosophie, subissant son charme et répudiant à son profit le très quelconque Maxime Joubert. M. Thuillier s'installait à la maison, partageait le lit de Marion, prenait ses repas à la table familiale. Gonflé d'importance, la prunelle ronde, la lippe rose, il parlait de philosophie en mangeant sa soupe. Étienne frémit, comme s'il se

fût heurté le coude à un meuble. Des étoiles
dansèrent devant ses yeux. Palaiseau demanda :

— Que fais-tu, cet après-midi?

— Je ne sais pas, dit Étienne. Et toi?

— Je vais faire des courses, avec mon père.

Le vent inclina au-dessus de leurs têtes un conti-
nent de feuilles et de branches. Successivement,
Étienne mariait sa mère à tous les hommes de sa
connaissance : le proviseur, le censeur, des amis,
Victor Hugo, Stendhal, Jean-Jacques Rousseau,
Lamartine. Palaiseau regarda sa montre :

— On rentre?

— Si tu veux.

— Je suis heureux que nous soyons devenus des
amis, dit Palaiseau.

Ils enfourchèrent leurs vélos. Palaiseau posa une
main sur l'épaule d'Étienne. Ils roulèrent longtemps
ainsi, l'un près de l'autre, unis et distants, sans
échanger un mot.

Rentré chez lui, Étienne déjeuna avec Mlle Suzanne,
qui, en l'absence de Marion, avait accepté de faire
la cuisine et de prendre ses repas à la maison :
bouchées à la reine et entrecôte marchand de vin;
la couturière s'était surpassée. Pour lui complaire,
il fallut qu'Étienne mangeât plus que d'habitude.
Il avalait de gros morceaux, et Mlle Suzanne le
contemplait avec sympathie. Elle disait : « Si le four
n'avait pas été détraqué, je vous aurais fait un
dessert de mon invention. On prend un quart de
litre de lait, un peu de farine... » Sous la blouse
mauve, transparente, Étienne voyait la forme de deux

seins opulents, tenus en laisse par les brides du
soutien-gorge. Quand il se leva de table, son estomac
était lourd et la fatigue engluait ses paupières. Il se
réfugia dans sa chambre, s'étendit sur son lit et tira
de sa poche la lettre d'Agadir. Le texte mal écrit
dansait devant ses yeux. Un parfum de savonnette se
dégageait du papier jaunâtre.

Le paquet arriva au courrier du soir. Il contenait
une vieille montre, un portefeuille et des boutons de
manchettes.

3

ÉTIENNE posa la valise dans le vestibule, ouvrit la porte de la salle à manger et dit :

— Je t'ai préparé un petit souper froid, à tout hasard.

— Je te remercie, mon chéri, dit Marion. Mais je n'ai pas faim. J'ai déjà mangé dans le wagon-restaurant.

Debout devant la glace de l'entrée, elle retirait son chapeau, ses gants, ébouriffait ses cheveux sur ses tempes. Une douce lassitude marquait son visage. Elle paraissait heureuse et rompue.

— Que c'est bon de se retrouver chez soi! dit-elle encore, en étirant ses bras devant elle.

Durant le trajet, de la gare à la maison, en taxi, elle avait expliqué à Étienne les résultats pratiques de son voyage. Grâce aux recommandations de M. Maxime Joubert, le directeur de la société Alfar s'était montré particulièrement compréhensif. Dès le mois d'octobre, cette grosse firme confierait à Marion des tissus destinés à la confection en série.

— J'ai rapporté des échantillons, dit-elle. Ils sont tous ravissants. Tu vas voir. Ouvre ma valise...

Il se mit à rire :

— Plus tard, Marion. Nous avons le temps.

Et, sans écouter ses protestations, il la poussa dans la salle à manger brillamment éclairée. Deux couverts. De la viande froide. Des fruits. Au centre de la table, Étienne avait disposé six œillets roses dans un vase en grès. Marion vit les fleurs et tourna vers son fils un regard ému :

— C'est toi?

— Oui.

— Oh! Étienne, il ne fallait pas!...

— Tais-toi et mange.

— Je ne peux plus refuser, dit-elle avec un joli sourire de femme choyée.

Elle s'assit sur une chaise, cueillit quelques grains de raisin dans la coupe de fruits et les mâcha distraitement. Un cerne mauve bordait ses yeux. Ses lèvres étaient pâles, démaquillées. Elle demanda encore :

— Pas de courrier?

— Si, dit-il. Je l'ai mis dans ta chambre.

— Le boléro de Mme Piat?

— Il a été livré hier matin.

— Parfait. Et toi, qu'as-tu fait pendant ces deux jours?

— Rien d'intéressant. J'ai bouquiné. J'ai vu un copain...

Il hésita une seconde et tira de sa poche la lettre qu'il avait reçue en l'absence de Marion.

— Tiens, dit-il. Lis ça. C'est une drôle d'histoire !

Elle prit le papier qu'il lui tendait, le déplia et le parcourut du regard. Dès les premières lignes, une petite ride verticale se creusa entre ses sourcils. Son menton se gonflait. Elle grommela :

— Cette femme est folle !

— Elle a cru bien faire, dit Étienne. Sa lettre n'est peut-être pas très adroite, mais elle part d'un bon sentiment.

Marion ne l'écoutait pas et poursuivait son idée :

— Folle ! Folle ! De quel droit vient-elle te relancer ainsi ? Comment ose-t-elle t'écrire, te déranger ?

— Elle ne me dérange pas...

— Si, Étienne. Elle te dérange, elle nous dérange ! Et elle le sait. Ce paquet... ce paquet dont elle te parle, l'as-tu seulement reçu ?

— Oui, dit-il. Des boutons de manchettes, un portefeuille, une montre. Tu veux les voir ?...

Elle eut un haut-le-corps. Le papier se mit à trembler entre ses mains. La colère, le dégoût raidissaient son visage. Étienne eut peur de l'effet que ces quelques mots avaient produit sur les traits de Marion. Sans doute eût-il mieux valu attendre le lendemain pour lui parler de la lettre. Mais pouvait-il prévoir que la réaction de sa mère serait si violente ? Après un long silence, elle dit d'une voix étouffée :

— Qu'as-tu fait de ces objets ?

— Je les ai mis dans le tiroir de ma table.

— Tu n'aurais pas dû accepter le paquet, murmura-t-elle en lançant la lettre sur son assiette. Tu n'aurais pas dû...

Il ne la suivait pas, il la jugeait en proie à des répugnances, à des craintes absurdes.

— Voyons, Marion, ne dramatise pas la situation. Je me serais fort bien passé de ces souvenirs. Mais maintenant qu'ils sont là...

— Tu devrais les jeter, Étienne.

— Pourquoi? Parce qu'ils ont appartenu à mon père?

— Oui.

— C'est insensé! dit-il en croisant les bras sur sa poitrine. Vraiment, tu déraisonnes, maman. Si un jugement de divorce a suffi pour que tu ne sois plus la femme de Louis Martin, rien ne peut m'empêcher, moi, d'être son fils. Que je le veuille ou non, j'ai cette qualité, je porte ce nom. Comment, dans ces conditions, pourrais-je me désintéresser totalement de lui? Je ne te dis pas que je l'aime, que je le révère. Mais il m'intrigue. Or, je ne sais presque rien de ce que fut sa vie. La lettre parle de démarches au greffe, d'époque difficile. Qu'est-ce que cela signifie?

Marion s'était levée et déambulait dans la pièce, les mains serrées, l'une contre l'autre, à hauteur du ventre.

— Tu vois, reprit-il, avec un accent de victoire, tu l'ignores toi-même. Ou tu feins de l'ignorer. D'ailleurs, c'est bien simple, chaque fois que je fais allusion à mon père, tu te rétractes, tu te dérobes...

Elle s'arrêta et dressa le cou. La ride de son front s'était creusée plus profondément encore. De fines croûtes de fard rose marquaient les commissures de ses lèvres. Derrière elle, sur le mur, brillait la cible blanche d'une assiette.

— Ton père est sorti de notre vie, de ta vie, dit-elle. Il faut aussi qu'il sorte de ta mémoire. C'est volontairement que j'ai détruit tout ce qui pouvait te le rappeler : les photographies, les lettres...

Étienne était confondu par l'aberration de sa mère. Tant d'injustice lui donnait subitement l'envie de prendre le parti du mort. Il s'écria :

— Tu as même poussé la prévenance jusqu'à l'empêcher de me revoir! Il était sur le point de mourir. Il voulait me rencontrer. Cette femme le dit dans sa lettre.

— Je ne le nie pas.

— Pourquoi as-tu fait cela?

— Pour ton bien.

— C'est une mauvaise excuse, Marion. Tu n'avais pas le droit! Toi si compréhensive, si équitable, si douce! Tu m'effraies...

Elle fit un pas vers lui, et il s'étonna de la voir pâlir. Sa face ressemblait à ce buste en plâtre, dont les cheveux et les yeux étaient peints en noir.

— Marion! Marion! dit-il avec un sentiment de crainte. Qu'as-tu? Tu me caches quelque chose. Explique-toi. J'ai besoin de savoir.

— Quoi? Que veux-tu savoir? demanda-t-elle. Qui il était? Comment il vivait? Pourquoi je me suis opposée à cette rencontre?

Un paroxysme nerveux agitait ses lèvres, ses sourcils, faisait trembler la peau de ses joues.

— Un sale individu, reprit-elle d'une voix sifflante. Et toi, mon pauvre Étienne, tu t'intéresses à lui. Tu me fais des reproches, parce que je ne te parle pas assez de lui. Tu débordes de gratitude envers cette créature, qui condescend à t'envoyer quelques souvenirs de Louis Martin !

Il balbutia :

— Tu as tort de t'exprimer ainsi, maman. Il est mort...

Elle rejeta la tête en arrière, et un demi-cercle blanc apparut sous ses prunelles larges et fixes :

— Oui, mort, mais pas dans un accident, Étienne. Ton père... ton père a été exécuté...

Elle se tut, comme terrifiée par ses propres paroles. Il la regardait sans comprendre, et, cependant, déjà se glissait en lui la conscience d'une disproportion entre ce qu'il avait vécu et ce qu'il allait vivre, entre ce qu'il croyait être et ce qu'il était réellement. Il répéta :

— Exécuté ?

Marion baissa les yeux :

— Jugé et exécuté.

— Quand ?

— Le 13 juin 1945.

Le corps d'Étienne s'engourdissait par couches successives. Il n'y avait plus de vie que dans son cerveau. Le silence se prolongeait. Marion porta une main à son front et murmura d'une voix amortie :

— Mon chéri, j'aurais voulu pouvoir te cacher la vérité, longtemps, très longtemps. Mais, un jour ou l'autre, tu aurais tout appris par un étranger. Le choc

aurait été, pour toi, plus douloureux encore. Cette
lettre idiote... ce paquet... ton entêtement... Je me
suis inquiétée... Dis-moi que je n'ai pas eu tort de te
parler comme je viens de le faire?

— Pourquoi l'ont-ils jugé? demanda Étienne.

Elle balança la tête, de droite à gauche, lamen-
tablement :

— A quoi bon remuer cette boue?

— Il le faut. Tu ne peux plus te taire.

Elle le considérait avec crainte, à présent : ce front
tendu, ces mâchoires serrées à craquer sous la chair
fine des joues, cet œil vert, lumineux, exorbité.

— Que te dirai-je, mon petit? chuchota-t-elle.
L'homme que les juges ont condamné n'avait plus
rien de commun avec celui que nous avons connu.
Tant qu'il a vécu avec nous, je n'ai eu à lui reprocher
que sa violence, sa paresse, ses infidélités. Mais,
après nous avoir quittés, il est devenu quelqu'un...

Elle reprit sa respiration, ferma les paupières et
ajouta dans un souffle :

— Quelqu'un d'horrible.

Il y eut encore un long silence. Et, tout à coup,
Étienne poussa un cri :

— Quoi? Qu'a-t-il fait?

— Il a tué, dit-elle.

Il sentit que son cœur faiblissait, s'arrêtait de
battre, puis repartait follement, jetait du sang partout, dans sa tête, dans son cou, dans ses oreilles.
Une impression de chaleur et d'étouffement l'envahit. Au bout d'un moment, il entendit une voix —
était-ce la sienne? — qui disait très distinctement :

— Qui a-t-il tué?

Elle tardait à répondre. Étienne ne la quittait pas des yeux, comme s'il eût redouté qu'elle disparût par une trappe avant d'avoir livré son secret.

— Eh bien, parle, maman, dit-il encore.

Elle laissa retomber ses bras le long de son corps. Ses épaules se voûtèrent :

— C'est difficile... Cela fait mal... Tu sais qu'après notre divorce ton père s'était installé à Cauterets... Il connaissait bien la région, puisqu'il y avait vécu pendant toute sa jeunesse... Il avait ouvert là un cinéma, une buvette... C'était du temps de l'occupation... Des gens venaient le trouver pour lui demander de les aider à passer en Espagne : des résistants, des Juifs... Il les conduisait de nuit, jusqu'à la frontière... Il en a tué plusieurs comme ça...

— Mais pourquoi? gémit-il. Il était donc du côté des Allemands? Il travaillait pour la Gestapo?

— Il ne travaillait que pour lui, Étienne. Ce qui l'intéressait, c'était l'argent que ces malheureux emportaient dans leur fuite. A ses voisins, il disait qu'il était obligé de s'absenter souvent pour affaires. Tout le monde l'aimait bien. On racontait qu'il était dans la Résistance.

— Comment a-t-on découvert...?

— Après la Libération, les parents des victimes ont fait des recherches. Des témoins ont surgi, un peu partout. Les langues se sont déliées. On a arrêté ton père, on l'a jugé...

— Et il a avoué?

— Oui.

Étienne s'assit sur une chaise. Un grand vide l'entoura soudain. Il n'était plus sur terre. Il tombait, il volait, il changeait de visage, de nom, de cheveux, de destin. Avec effort, il marmonna :

— Comme tu as dû souffrir, maman!

— Laisse, dit-elle. Ce n'est rien. C'est passé...

Il releva le front :

— On en a parlé dans les journaux, bien sûr?

— Oui, Étienne.

— Tout le monde sait donc que je suis le fils de cet homme?

Elle sourit :

— Rassure-toi, mon chéri. Le nom des Martin est si répandu, que personne n'a fait le rapprochement. Nous avions déménagé. Je vivais seule avec toi, depuis près de six ans. Le procès a eu lieu à Tarbes. C'est loin, la province! Les gens de Paris n'ont pris aucun intérêt à l'affaire. Il y a eu quelques gros titres dans les quotidiens. Mais le flot des nouvelles politiques a emporté tout cela en deux semaines.

— Pourtant, mon père et toi, vous aviez bien des amis communs?

— Je les ai perdus de vue.

— Ils n'ont pas essayé de te revoir, à ce moment-là?

— Non.

Il hésitait à se laisser convaincre :

— Ainsi, d'après toi, personne n'est au courant?

— Personne.

— La concierge?... Mme Marthe?... Mes professeurs?...

— Mais non, Étienne... Comment pourraient-ils savoir?

Il passa ses doigts écartés et tremblants dans ses cheveux en désordre :

— Tu aurais dû me prévenir plus tôt. Je suis le principal intéressé. Et j'ignorais tout, tout... Je me laissais vivre...

Elle s'approcha de lui, se plaça derrière la chaise et posa une main sur sa nuque :

— Tu étais un enfant, un tout petit enfant...

— J'avais douze ans... treize ans...

— Justement. Je ne pouvais pas encore me confier à toi, te charger d'une peine si lourde... Rappelle-toi : à cette époque je t'ai changé de lycée, pour plus de sûreté... Je mettais mon honneur à ne rien laisser paraître, devant toi, de mon inquiétude... Et ainsi pendant des années, des années...

— Si je n'avais pas reçu cette lettre, tu ne m'aurais donc rien dit?

— Bien sûr que si!...

— Quand?

Elle se troubla :

— Je ne sais pas... Un peu plus tard... A la première occasion... Depuis quelque temps déjà, j'avais résolu de te mettre au courant... Mais, chaque fois, au moment de parler, je manquais de courage...

Sa voix tomba à la fin de la phrase. Elle appuya une main sur sa poitrine. Il demanda :

— Ces objets qu'on m'a envoyés sont donc ceux qui étaient restés au greffe de la prison?

— Sans doute.

— Oui, c'est cela, murmura-t-il. Un portefeuille, des boutons de manchettes, une montre...

Il regardait obstinément le bouquet d'œillets roses dans son vase en grès. Ces fleurs appartenaient à une époque révolue et charmante. Elles avaient été offertes à une autre femme que Marion, par un autre homme qu'Étienne. Placées en sentinelles entre le passé et le présent, leur couleur était éclatante.

— Étienne, s'écria-t-elle, je ne peux pas te voir ainsi, abattu, malheureux! Je t'ai fait mal, mon chéri. Mais il le fallait. Pardonne-moi ma franchise, ma brutalité. Promets-moi surtout de ne plus penser à toutes ces horreurs...

Elle penchait vers lui une figure bouleversée, implorante.

— Mais oui, maman, dit-il. Ne t'en fais pas pour moi. Après tout, je l'ai si peu connu...

— N'est-ce pas? dit-elle, dans un élan d'espoir. Effaçons tout. Oublions tout. Rien que nous deux...

Elle pressait la tête de son fils contre son ventre, le berçait, l'endormait, le couvrait de chaleur, de larmes, de baisers, de rayons.

4

ETIENNE était encore dans son lit quand le téléphone sonna. Rejetant les couvertures, il bondit sur ses pieds, serra la cordelière de son pyjama et arriva dans le vestibule, juste à temps pour voir sa mère qui décrochait l'appareil.

— Laisse, dit-elle, ce doit être pour moi.

Elle était vêtue d'un peignoir de toile rose à rayures grises. Son visage, marqué par l'insomnie, semblait enveloppé dans du papier de soie. Elle pressa l'écouteur contre sa joue :

— Mais oui, c'est moi. Vous ne reconnaissez pas ma voix, Maxime? Un excellent voyage, et si utile, grâce à vous!...

Tout en parlant, elle rajustait les bords du peignoir sur sa poitrine, comme si le regard de Maxime Joubert eût traversé les murs aussi sûrement que le faisait sa voix.

— Un peu fatiguée, peut-être... Cet après-midi?... Bien sûr...

Étienne se sentit de trop et retourna dans sa chambre. Mais il n'avait plus sommeil. Il poussa les volets de fer, raides et poussiéreux, qui s'ouvrirent, en grinçant, sur la lumière du jour. Le décor, durant la nuit, avait changé de signification. Les meubles les mieux apprivoisés étaient revenus à l'état sauvage. Étienne avisa le palmarès de la distribution des prix, posé en évidence sur la table : *Prix d'excellence : Martin (Étienne). Premier prix de philosophie : Martin (Étienne)...* Ce prénom entre parenthèses. Une boule dure se formait dans sa poitrine, montait dans sa gorge. La voix de Marion se tut au fond de l'appartement. C'était fini. Maxime Joubert rentrait dans les coulisses, à reculons. Soulagé, Étienne s'enferma dans la salle de bains pour faire sa toilette.

Quand il pénétra dans la cuisine, sa mère disposait les tasses du petit déjeuner sur la table tendue d'une toile cirée à carreaux rouges et blancs. Ils burent leur café, mangèrent leurs tartines, l'un en face de l'autre. Marion observait son fils à la dérobée, comme pour tenter de lire, sur ses traits, les conséquences de la révélation qu'elle lui avait faite. Il sentait courir sur sa peau ce regard maternel, exigeant, angoissé.

— As-tu bien dormi ? demanda-t-elle.

— Mais oui. Et toi ?

Il s'efforçait d'être naturel pour calmer les craintes de Marion.

— Moi aussi. Je crois qu'il fera très chaud, aujourd'hui. Tu ne trouves pas que le beurre a un petit goût ?

Déjà, il comprenait qu'elle n'oserait jamais revenir

sur leur conversation de la veille. Ayant dit ce qu'elle avait à dire, elle ne se préoccupait plus que de limiter les dégâts. A ce fils éclairé et blessé par ses soins, elle prodiguait follement les remèdes éprouvés de la tendresse et de l'habitude. Elle renouait les liens brisés, masquait les trous, chassait les ombres. Elle faisait le ménage après la tornade. Étienne lui savait gré de sa diligence. Il n'eût pas supporté qu'elle évoquât une seconde fois, devant lui, le souvenir abominable de son père. Pour lui prouver qu'il acceptait cette convention de silence, il redemanda du café. Un sourire inattendu rajeunit le visage de Marion :

— Tu as encore faim, mon chéri ? Oh ! comme cela me fait plaisir !...

Elle souleva la vieille cafetière en émail blanc, craquelée, noircie, au bec tordu. Sa main tremblait. Un peu de café déborda la tasse. Étienne sentit que des larmes mouillaient ses yeux.

— Et voilà, disait-elle, bois, mon petit. Je vais en reprendre, moi aussi.

Le soleil entrait à flots par la fenêtre ouverte. La famille honorable des casseroles, pendues au mur, flamboyait gaiement. Soudain, Marion posa la main sur le poignet d'Étienne. Une exaltation délicate colora ses joues. Elle respirait vite. Elle murmura :

— Étienne... Tu ne vas pas me croire... Ce matin, je me sens heureuse...

— Heureuse ?

— Oui. Je ne sais pas comment t'expliquer... Tu es là... Près de moi... Nous parlons...

Elle ferma les yeux, comme pour dominer son émotion, secoua la tête, rouvrit les paupières et dit dans un sourire :

— C'est bête... Ne fais pas attention... As-tu des projets pour cet après-midi ?

Il répondit sans réfléchir :

— J'irai voir Palaiseau.

— C'est un camarade de classe ?

— Oui.

— Un garçon bien ?

— Très bien. Son père est ingénieur chimiste...

Une pointe aiguë lui piqua le cœur. Il perdit le souffle. « Qu'est-ce qui m'arrive ? »

— Tu ne m'as jamais parlé de lui, dit Marion.

— C'est possible. Je passerai le prendre après le déjeuner. Il est toujours chez lui, à cette heure-là. Et toi ? Tu as rendez-vous avec M. Joubert ?

Elle rougit :

— A six heures, oui.

Il voulut répliquer par une plaisanterie, mais se retint. On sonnait à la porte d'entrée : Mme Marthe et Mlle Suzanne arrivèrent ensemble. Elles s'étaient rencontrées devant la maison et riaient très fort de cette coïncidence. Marion les accompagna dans la salle à manger et trois voix de femmes animèrent le vide. Étienne se leva, s'approcha de la fenêtre. Un vieux journal jauni traînait sur le carrelage, devant le fourneau. Il lut un titre, au hasard : *Aux U.S.A., la bombe atomique est déjà considérée comme un engin périmé*... Étienne repoussa le journal du pied. Quelque chose de lourd et de froid encombrait sa poitrine. Il eut hâte de retrouver sa chambre. Mais, quand il fut devant sa table de travail, son désœuvrement lui fit peur. La machine à coudre vrombissait, s'emballait, s'arrêtait pour reprendre haleine. Marion disait :

— Non, Suzanne, il faut absolument descendre cette taille. Un mouvement plongeant, vous comprenez ? Comme nous l'avons fait pour Mme Piat.

Deux coups de sonnette : c'était la concierge. Trois coups de sonnette : la femme de ménage. Puis, une cliente vint, dont la voix aigre domina toutes les autres. Étienne reprit *les Confessions* de Jean-Jacques Rousseau. *Les vapeurs succédèrent aux passions ; ma langueur devint tristesse ; je pleurais et je soupirais à propos de rien ; je sentais la vie m'échapper sans l'avoir goûtée...* Le livre glissa de ses mains sur le parquet.

Là-bas, dans la salle à manger, la cliente disait :

— Mais non, madame Loiselet, il faut me changer ces boutons. Je les veux dans le même tissu que la robe. Et ce pli portefeuille, je vous assure qu'il ne tombe pas d'aplomb !

De nouveau, le téléphone :

— Allô ? C'est vous, Daisy ? Comme c'est gentil de m'avoir envoyé une carte ! Mais oui, votre ensemble est prêt. Venez l'essayer à trois heures !

Étienne se jeta sur le lit et se boucha les oreilles avec ses doigts. La maison était devenue une boutique, une ruche, une volière, un théâtre. A plusieurs reprises, Marion pénétra dans la pièce, en coup de vent, pour voir ce que faisait son fils. Dès qu'il entendait le pas de sa mère dans le couloir, Étienne rectifiait sa position, prenait un bouquin, feignait de lire. Quand elle était partie, il se recouchait et fermait les yeux.

*

La salle des Périodiques, à la Bibliothèque nationale, baignait dans une clarté laiteuse, qui descendait du plafond et coulait sur les murs cuirassés de reliures sombres. Autour des tables de travail, les lecteurs, assis à intervalles réguliers, comme au réfectoire, tendaient le cou vers leur ration de texte imprimé. Devant chaque client, un in-folio reposait, grand ouvert, sur un support oblique. Le silence n'était troublé, de temps en temps, que par le froissement d'une page qu'on tourne, un bref accès de toux, le battement d'une porte, ou le pas lourd d'un gardien. Étienne avait pris place entre une jeune fille qui lisait farouchement le *Bulletin de la société astronomique de France,* et un vieux monsieur moustachu, cassé et bienveillant, qui compulsait la collection complète de *l'Assiette au beurre.*

— Vous attendez toujours? dit le vieux monsieur. C'est long pour se faire servir. Surtout à l'époque des vacances...

— Oui, dit Étienne.

Et il détourna la tête, car il ne tenait nullement à lier conversation avec son voisin. Un moment, il regretta même d'avoir renoncé à sa promenade avec Palaiseau. Peut-être le bibliothécaire ne trouverait-il

pas les journaux qu'Étienne lui avait demandés?
Peut-être l'année 1945 était-elle à la reliure? Pour
apaiser son angoisse, il s'astreignit à regarder les
petites taches d'encre qui marquaient le bois de la
table. Il y en avait sept, disposées à peu près comme
les étoiles de la Grande Ourse. La jeune fille fit
claquer le fermoir de son sac à main. Le vieux
monsieur se moucha.

— Et voilà, dit une voix graillonneuse. *France-
Soir,* 1945.

Étienne tressaillit. Le gardien déposait sur la table
un lourd bouquin relié en toile.

— Merci, murmura Étienne.

Le gardien s'éloigna.

— Enfin! dit le vieux monsieur. Ce n'est pas trop
tôt!

Étienne sourit d'un air contraint et plaça ses deux
mains sur le livre. Il hésitait à l'ouvrir, comme si, par
ce seul geste, il eût risqué de libérer quelque noire
puissance prise sous une chape. Autour de lui, le
silence se creusait, de plus en plus solennel, de plus
en plus terrible. Enfin, d'un mouvement brusque, il
souleva la couverture du volume. Des lettres grasses,
des images de suie, une cascade, une avalanche, une
poussière de mots. Il tournait les feuillets, avec une
hâte fébrile : 15 avril, 17 avril, 20 avril... Soudain, il
reçut un coup de fouet sur les yeux. Son propre nom
lui sautait au visage : *Martin!* Il regarda ses voisins, à
gauche, à droite. Le vieux monsieur s'était remis à
lire. La jeune fille aussi. Tout était calme. Étienne se

pencha sur la page imprimée, dont les lignes vibraient comme une procession de fourmis :

... De notre envoyé spécial à Tarbes. Aujourd'hui, Louis Martin répond de ses crimes devant la Cour d'assises...

Sous ce titre, encrassé d'une encre funèbre, s'étalait la photographie d'un homme mince, nerveux, traqué. Étienne reconnut son père, et une bouffée de chaleur lui monta aux joues. C'était bien là, trait pour trait, le personnage dont il gardait le souvenir. Celui qui, autrefois, jouait avec son fils, le caressait, l'embrassait, lui parlait d'une voix amicale, vivante. Le compagnon de tous les jours. Cependant, un travail démoniaque avait creusé la pâte de la figure. Les yeux, largement ouverts, exprimaient la haine, l'impuissance. Il n'était pas rasé. Son col bâillait sur son cou maigre. Ses deux mains s'appuyaient sur le dossier d'une chaise. Et on voyait les menottes. Il sembla à Étienne que son père le considérait personnellement à travers une brume dansante. Le monde chavira, avec ses livres, sa verrière, ses calvities, ses tables et son horloge ronde. Le temps coulait à l'envers. Rien n'avait été décidé, conclu, exécuté... *Un murmure hostile marque l'entrée du meurtrier dans son box. Grand et sec, arrogant, distingué, l'accusé promène sur l'assistance un regard de mépris tranquille. Je l'observe. Je me demande ce qui peut bien se passer dans son crâne. Autour de moi, des gens s'agitent, s'éventent avec des journaux pliés. C'est dans une atmosphère tendue, angoissée, que le très éminent président de Saulieu procède à l'interrogatoire d'iden-*

tité. Le greffier lit l'acte d'accusation. On se souvient des détails de cette affaire, que nous avons relatés ici même...

Étienne se renversa sur le dossier de sa chaise. La sueur coulait à grosses gouttes sur son front. Il tira un mouchoir de sa poche et s'essuya violemment le visage.

— Il fait chaud, soupira le vieux monsieur!

— *Accusé, dit le président de Saulieu, vous avez entendu les charges qui ont été produites contre vous. Vous allez maintenant être particulièrement attentif à suivre les débats. Monsieur le Greffier, voulez-vous faire l'appel des témoins...*

Le bas du feuillet était déchiré. L'article continuait en dernière page : *Quand on prononce devant lui le nom de Gérard Métivier, Louis Martin a un haut-le-corps, son visage se contracte. Réaction bien compréhensible puisque Gérard Métivier est le seul rescapé du massacre. Laissé pour mort, il a pu s'enfuir et il déposera contre l'assassin.*

— *Devant le juge d'instruction, reprend le président de Saulieu, vous avez reconnu être l'auteur d'un double assassinat, commis sur les personnes de M. et Mme Léon Wolff, épiciers à Cauterets, mais nié votre participation au meurtre d'Édouard Fleck, antiquaire, habitant Paris, 17, rue Caulaincourt. Maintenez-vous vos déclarations?*

On entendrait voler une mouche. Enfin Louis Martin dit d'une voix à peine perceptible :

— Oui, monsieur le Président.

Quelque chose se décrocha, tomba dans la poitrine

d'Étienne. Son regard se brouillait. *Le président de Saulieu feuillette son dossier.*

— *De l'instruction approfondie à laquelle il a été procédé*, dit-il, *il résulte que les meurtres dont vous avez à répondre devant la Justice ont été commis dans les circonstances suivantes : ayant débattu le prix du passage avec vos futures victimes, vous leur fixiez rendez-vous, à une heure avancée de la nuit, sur le plateau de Cambasque. De là, vous les conduisiez, par des sentiers escarpés, vers un lieu solitaire et d'aspect sauvage, où vous pouviez agir sans craindre d'être vu. Mais, d'après votre dossier, vous auriez réalisé treize passages de frontière sans le moindre incident. Vous aidiez donc les uns à fuir la France et vous abattiez les autres. Pourquoi?*

Louis Martin tressaille, comme tiré d'une longue somnolence et murmure :

— *J'avais mes raisons.*

— *Je vais vous le dire, moi, pourquoi il agissait ainsi! s'écrie le procureur général. Ceux qu'il avait amenés à bon port lui faisaient parvenir clandestinement des témoignages de satisfaction, dont il se servait pour recruter de nouvelles victimes. Loin de blanchir l'accusé, cette manière de procéder nous renseigne sur le machiavélisme d'une âme profondément pervertie.*

Me Alexis Houssepard, défenseur de Louis Martin, bondit dans un envol de manches noires et de jabot blanc :

— *Monsieur le Président, je m'insurge de la façon la plus formelle contre l'interprétation tendancieuse des faits reprochés à mon client...*

Des grondements de protestation s'élèvent dans le public. Le président menace de faire évacuer la salle. Puis, dans le calme enfin revenu, il se tourne vers Louis Martin :

— *Accusé, voulez-vous nous dire quels étaient les mobiles de vos crimes? Vous avez admis, à l'instruction, qu'il ne s'agissait pas, pour vous, d'une vengeance politique. A vous entendre, vous n'étiez ni pour la Collaboration ni pour la Résistance. Est-ce exact?*

— *C'est exact, monsieur le Président, dit Louis Martin.*

— *Il ne reste donc qu'un seul motif possible, et c'est celui qui a été retenu par l'accusation : le vol. Vous avez tué pour voler...*

Louis Martin lève le menton. Ses yeux étincellent, comme des éclats de verre. Il dit d'une voix rauque :

— *Non.*

— *Pourtant, reprend le président, lorsqu'on a exhumé les corps de M. et Mme Léon Wolff, enterrés par vos soins à l'endroit même où vous les aviez abattus, on n'a retrouvé sur eux ni argent ni bijoux.*

D'un haussement d'épaule, Louis Martin écarte cette affirmation :

— *Qu'est-ce que cela prouve? Quelqu'un d'autre a pu les dévaliser, après...*

— *Pourquoi donc les auriez-vous tués?*

— *Je l'ai déjà dit à M. le Juge d'instruction, réplique Louis Martin avec un accent d'insolence. En 1941, Léon Wolff m'avait dénoncé à la police, pour marché noir. A cause de lui, j'ai failli aller en prison. En outre, il tournait autour de ma femme. Je n'aimais pas ça. Dès cette époque-là, j'avais résolu d'avoir ma revanche. Quand les Allemands ont franchi la ligne de démarcation, il est venu me trouver, tout penaud, pour me demander de le faire passer, avec Mme Wolff, en Espagne. Étant Juif, il craignait les persécutions raciales. J'ai accepté. Et, une fois là-haut, dans la montagne, je lui ai dit ce que j'avais sur le cœur. Nous nous sommes disputés. Il m'a menacé avec sa canne. Il m'a frappé à la tête. J'ai tiré. Sa femme s'est jetée sur moi. J'ai tiré encore. J'étais en état de légitime défense. Quant à l'argent, je n'y ai pas touché. Et pourtant, au départ, il ne m'avait payé que la moitié de la course...*

Cette explication simpliste ne reçoit certes pas l'adhésion de la Cour. Les jurés sont de glace. Le public murmure. En ce qui concerne le meurtre d'Édouard Fleck, dont le corps a été découvert récemment, la défense de Louis Martin est encore plus faible :

— *Je l'ai accompagné un bout de chemin, et, après, il m'a dit qu'il préférait marcher seul. On était à proximité de la frontière. Il connaissait bien la région. Je l'ai laissé. Sans doute des voleurs l'ont-ils assailli, plus loin...*

— *Des voleurs*, dit le président, *qui, par extraordinaire, possédaient un revolver du même calibre que le vôtre!*

— *Pourquoi pas?* s'écrie Me Houssepard. *Sous prétexte que mon client a, dans un moment d'exaspération, abattu deux personnes qui le menaçaient, il ne faudrait pas le rendre responsable de tous les crimes commis dans les Hautes-Pyrénées à l'époque de l'occupation allemande.*

Cette protestation sert de motif à une joute oratoire entre la défense et le procureur général. Le ton monte. L'heure avance. M. le président de Saulieu consulte ses assesseurs et déclare que l'audience est levée et renvoyée à l'après-midi pour l'audition des témoins.

Étienne poussa un soupir de soulagement, comme s'il eût bénéficié, en même temps que son père, de ce bref délai de rémission. « Que fait-il, à présent? On l'emmène, entre deux gardes. On lui sert à manger. Mais il n'a pas faim. Sa tête est lourde. Ses yeux s'ouvrent avec difficulté. L'avocat lui rend visite, l'encourage. Puis, on vient le chercher. Et tout recommence. Dans la même salle. Devant les mêmes visages. » Le journal du lendemain. En première page, ce titre : *A la barre des témoins, la seconde femme de l'assassin sanglote.* La jeune fille avait fini de lire. Elle se repoudra, se leva, quitta sa place, Étienne la suivit du regard.

— *Non, monsieur le Président, mon mari n'était pas un méchant homme. Je l'ai épousé à Cauterets, en 1941, peu de temps après son divorce. Il ne me parlait jamais de son passé. J'étais heureuse avec lui. Je faisais marcher le restaurant. Lui, s'occupait du cinéma. Nous donnions trois séances par semaine...*

Mme Louis Martin, née Catherine, Raymonde Vivien, se présente sous les aspects d'une grande femme maigre et blonde, au profil aigu, à l'œil tragique. L'émotion fait trembler sa voix. Tandis qu'elle parle, l'accusé se tend vers elle dans une

5

expression de détresse. A plusieurs reprises, elle le regarde. Il y a de la pitié dans ses yeux. Le président de Saulieu demande :

— Comment se fait-il que, vivant en parfaite intelligence avec votre mari, vous n'ayez rien soup-çonné de ses agissements? Vous ne pouviez tout de même pas ignorer ses expéditions nocturnes! Quelle explication vous en donnait-il?

— Il me disait qu'il était dans la Résistance, qu'il aidait des patriotes à franchir la frontière. J'avais peur pour lui. Je lui conseillais d'être prudent...

— Charmante prévenance! dit le procureur général.

— Et, à son retour, de quel air vous retrouvait-il? demande le président.

Mme *Martin se trouble. Un brusque sanglot secoue ses épaules. Elle gémit :*

— Je ne sais plus, il paraissait fatigué et heureux. Il riait pour un rien. Il se moquait des Allemands dont il avait déjoué les ruses.

Le procureur général se dresse dans sa robe rouge :

— Je demande à MM. les Jurés de retenir chaque mot de cette déposition capitale. Ainsi, l'accusé n'é-prouvait pas le moindre remords à la suite de ses forfaits. Après avoir trempé ses mains dans le sang...

La salle se vidait peu à peu. Bientôt sonnerait l'heure de la fermeture. Étienne craignit de n'avoir pas assez de temps devant lui pour achever la lecture de l'article. Il sauta quelques lignes.

— Faites entrer le témoin suivant.

Le vieux monsieur referma le livre qu'il lisait, se leva, se moucha, regarda le creux de son mouchoir.

— Au revoir, monsieur, dit-il.

— Au revoir, dit Étienne.

— *Voulez-vous vous tourner vers MM. les Jurés pour répondre.*

*A la barre des témoins, se tient maintenant une jeune femme élégante, en tailleur noir, dont le visage semble modelé dans la cire, tant il est fin et pâle. C'est la première M*me *Martin, née Marie-Louise Loiselet.*

Étienne écarquilla les yeux : « Elle ne m'a pas dit ça. Elle y est allée. Pour témoigner. Devant tous ces gens. Oh ! c'est épouvantable ! » Des larmes piquaient son palais. Il avait envie de repousser sa chaise, de s'enfuir.

— *Vous avez vécu avec l'accusé, de 1931 à 1939. Vous avez eu un fils de lui. Voulez-vous nous dire si le comportement de Louis Martin laissait présager les crimes dont la Justice a été saisie ?*

*L'ex-M*me *Martin jette sur son mari un regard limpide. Elle paraît très sûre d'elle. Nullement impressionnée. Elle dit :*

— *Je ne crois pas, monsieur le Président. Mon mari était certes un être au tempérament instable. Tantôt délicat et tantôt brutal. Tantôt gai et tantôt lugubre. Il changeait d'humeur sans raison apparente. Nous nous disputions souvent. Je lui reprochais surtout sa paresse, ses infidélités. Mais ce sont là des griefs d'ordre secondaire.*

— *Quel a été le motif de votre divorce ?*

— *Mon mari avait abandonné le domicile conjugal, me laissant seule et sans ressources avec mon enfant.*

— *A-t-il cherché à vous rencontrer après votre séparation?*

— *Non.*

— *A-t-il essayé de voir son fils?*

— *Non plus.*

— *N'avait-il donc aucune affection pour lui?*

— *Je l'ignore, monsieur le Président...*

Étienne eut l'impression que mille regards se tournaient vers lui, le clouaient à sa chaise. Il était subitement, et d'une manière catégorique, irréfutable, le fils de Louis Martin. Tout était sale au-dedans de lui, dans sa tête, dans sa bouche, dans son ventre. Une boue de honte, jaune et fade, clapotait sous sa peau.

— *Ce que j'aimerais savoir du témoin, dit le procureur général, c'est s'il a été surpris en apprenant, par les journaux, l'arrestation de son ex-mari sous l'inculpation d'homicide volontaire.*

La jeune femme semble troublée par cette question insidieuse. Son visage se détourne. Ses mains se crispent sur la barre. « Pauvre Marion. Elle souffre. Elle se débat. Elle ne sait que dire. Et je suis loin. Je ne peux pas l'aider. »

— *Oui, cela me paraît encore incroyable, monsieur le Procureur général.*

« Comme elle est bienfaisante pour lui, malgré tout ce qu'elle a subi par sa faute! Pourvu qu'elle ne pleure pas! » Un cri monta dans la gorge d'Étienne et s'arrêta au bord de ses lèvres : « Maman! » Personne ne l'avait entendu. Les gens continuaient à lire, à penser, à respirer dans l'ignorance.

Le président de Saulieu interroge encore le témoin
sur la moralité de l'accusé, ses gains annuels, ses
dépenses, ses fréquentations.

— On ferme, monsieur.

Étienne sursauta et dressa la tête. Rendu brutale-
ment aux exigences de la réalité, il hésitait encore à
reconnaître le lieu, le temps qui s'imposaient à lui.
Un surveillant débonnaire lui désignait l'horloge, la
salle à demi vide.

— Quelques minutes encore, balbutia-t-il. Je n'ai
pas fini.

— Revenez demain. On peut vous garder le
volume. Vous n'aurez qu'à remplir une fiche rose au
bureau...

— C'est ça... Oui... gardez-moi le volume, dit
Étienne.

Il quitta la salle, tout étourdi, les jambes faibles, le
cœur en alerte. L'idée de revoir Marion, après cette
lecture, le terrifiait. Il se demanda s'il aurait assez
d'énergie pour feindre d'avoir passé son après-midi
avec Palaiseau. « Il le faut. Pour elle et pour moi.
Sinon, tout est perdu. » Il descendit quelques
marches, traversa le hall de la Bibliothèque et se hâta
vers la sortie principale.

— Martin!

Le cri roula comme un tonnerre et se répercuta
dans des corridors, dans des salles vides. Étienne,
surpris, se crut le jouet d'un rêve. Il pivota sur ses
talons. Devant lui se tenait M. Thuillier, son professeur de philosophie. Le gros homme, ramassé der-

rière ses lunettes à monture d'or et son portefeuille
en cuir marron, souriait, hochait la tête, disait :

— Du diable si je m'attendais à vous rencontrer
ici, Martin !...

Étienne éprouva le sentiment absurde d'être
démasqué, trahi, arrêté. Toutes les veines de son
corps vibrèrent. Il murmura :

— J'étais dans la salle des Périodiques... Je bou-
quinais... Vous n'êtes pas parti pour les vacances ?...

— Non, dit M. Thuillier. J'ai préféré rester à Paris
pour finir mon livre.

Il sembla à Étienne que le regard de M. Thuillier
entrait dans sa tête comme un couteau dans une
motte de beurre. « Ai-je l'air d'avoir lu ce que j'ai lu ?
Suis-je ostensiblement le fils d'un assassin ? Est-ce
que c'est écrit sur mon visage ? » M. Tuillier lui
tendait la main :

— Au revoir, Martin.

— Au revoir, monsieur.

Ils se séparèrent.

5

— Nous marchions depuis plus de trois heures, par des sentiers muletiers, raides et cailllouteux. La nuit était fraîche, silencieuse. Devant moi, je voyais se balancer le dos de Louis Martin...

L'homme qui parle ainsi n'est autre que Gérard Métivier, ingénieur électricien, 37 ans, domicilié à Bordeaux, qui a pu, par miracle, échapper à la mort. C'est un solide garçon, au teint basané, aux yeux bleu pervenche et à la denture étincelante. En 1943, à la suite de perquisitions opérées chez lui par la Gestapo, il avait résolu de fuir son domicile pour rejoindre les Forces Françaises Libres. Deux camarades, morts depuis en déportation, lui donnèrent l'adresse de Louis Martin.

— Quelle fut la conduite de l'accusé durant la première partie de votre expédition? demande le président.

— Il se montrait très cordial avec moi et m'affirmait que je ne courais aucun risque en suivant la piste

qu'il avait établie. A deux reprises, il me força à
m'arrêter, à m'asseoir sur une pierre, car il voulait
masser ma cheville droite endolorie par une foulure.

A ces mots, une rumeur d'indignation parcourt
l'assistance. Le procureur général s'écrie :

— MM. les Jurés apprécieront !

L'avocat de la défense se tourne vers l'accusé et lui
parle à voix basse.

— Vers deux heures du matin, reprend le témoin,
nous atteignîmes un petit bois de sapins, à flanc de
rocher. « La frontière est-elle « encore loin ? » deman-
dai-je. Il sourit et me répondit, en hochant la tête :
« Une heure de marche, environ. » Puis, il me tendit sa
gourde et m'invita à boire une gorgée de rhum pour me
réconforter. J'avoue que tant de prévenance me toucha.
« Vous méritez mieux que le métier que vous exercez,
lui dis-je. Un bon Français comme vous ne devrait pas
se faire payer pour aider des patriotes à fuir les
persécutions allemandes. » Il me regarda méchamment
et répliqua : « Pourquoi me dites-vous ça ? Parce que
vous ne voulez pas me verser la seconde moitié de la
somme ? » Je me mis à rire : « Vous aurez votre
argent, soyez tranquille. » A cet instant précis — Dieu
sait pourquoi ? — une appréhension me traversa le
cœur. Je distinguais mal le visage de mon guide dans
l'obscurité. Pourtant, il me semblait que ses yeux
s'agrandissaient, s'avançaient vers moi, fixes, phospho-
rescents, comme des yeux de bête. Ma main tenait la
gourde. Je portai le goulot à mes lèvres. Soudain, un
coup de feu claqua. Puis un autre. J'eus l'impression
que ce n'était pas une balle qui me frappait au visage,

*mais une barre de fer, un marteau, lancé à bout
portant. Je roulai sur la pente. Une chute de trois
mètres environ. A travers un bourdonnement confus,
j'entendis Louis Martin qui jurait : « Salaud!
Salaud! » Son pas lourd fit grincer les cailloux. Je me
crus perdu. Mais, subitement, tout changea. Le pas
s'éloignait. Des branches craquèrent. Je m'évanouis.
Lorsque je rouvris les yeux, un inconnu était penché
sur moi et me lavait la figure avec un torchon trempé
d'eau. C'était un bûcheron. Son arrivée avait dérangé
Louis Martin, qui avait préféré prendre la fuite. Le
brave homme parlait à peine le français. Il me
conduisit vers sa cabane. Heureusement, une seule
balle m'avait atteint. Encore n'avait-elle fait que me
déchirer la joue. Le lendemain, je traversai la frontière.
Trois jours plus tard, j'étais arrêté et incarcéré par les
autorités espagnoles. Je me fis passer pour un parachu-
tiste canadien. Le consul du Canada voulut bien
appuyer ma thèse. En janvier 1944, j'étais à Londres.*

Le témoin se tait et baisse la tête. Un silence de
consternation plane sur l'assistance. Dans son box,
Louis Martin lui-même semble épouvanté, comme par
l'apparition d'un revenant au visage vengeur.

— A la lumière de ce qu'ils viennent d'entendre,
déclare le procureur général, MM. les Jurés imagine-
ront ce que fut le calvaire de ceux qui n'eurent pas la
chance de M. Gérard Métivier.

— Accusé, demande le président, reconnaissez-vous
l'exactitude des faits qui viennent d'être rapportés
devant vous?

— Oui, dit Louis Martin. Mais cet homme me

paraissait suspect. Il me parlait avec trop de gentil-
lesse. Il s'attardait étrangement à l'endroit où nous
nous étions arrêtés. Je me suis dit qu'il était peut-être
un agent de la Gestapo et qu'il m'avait attiré là pour
me faire prendre, en flagrant délit, par une patrouille
allemande. Quand j'ai entendu des pas derrière nous,
j'ai perdu la tête, j'ai tiré, je me suis enfui...

Étienne tourna la page. Après ce qu'il avait lu, il
lui semblait qu'aucune révélation ne pouvait le
surprendre. Une horreur tranquille s'était installée
dans son âme. Une fois de plus, il se félicita d'avoir
su, la veille, en rentrant de la Bibliothèque nationale,
garder devant sa mère un visage banal. Cette épreuve
de volonté s'achevait à son avantage. Les dépositions
des témoins cités par la défense n'avaient aucun
intérêt. La discussion autour des pièces à conviction,
exposées sur la table, au pied de la tribune, traînait
en longueur. Une photographie du journal montrait
un revolver, un bout de corde, un couteau, un linge
maculé de sang noir.

— *Messieurs les Jurés,* dit le procureur général,
l'individu que vous avez devant vous...

Le voisin d'Étienne, un jeune homme au front
piqué de petits boutons jaunes, se leva, consulta le
catalogue, revint à sa place.

— *Tout à l'heure, on tentera de vous présenter*
l'accusé comme un être irresponsable, qui, pour un oui,
pour un non, perdait le contrôle de ses actes. J'affirme,
pour ma part, que Louis Martin est un assassin
conscient et roublard, un meurtrier de l'espèce la plus
vile, et que l'admission, en sa faveur, de la moindre

circonstance atténuante constituerait une injure à la mémoire de ses victimes. Reprenons les faits un à un...

Étienne lut avec attention le résumé du réquisitoire. De temps en temps, une phrase l'accrochait, lui donnait chaud : *La vie intime de l'assassin... Le calcul abject de celui que la rumeur populaire nomme déjà le « monstre de Cauterets »...*

Le jeune homme boutonneux laissa tomber son stylo et se pencha pour le ramasser. Instinctivement, Étienne ferma à demi le livre. « Il ne faut pas qu'il voie ce que je lis. Il pourrait se douter de quelque chose. » Ses tempes bourdonnaient, comme si sa tête eût été prise sous une cloche. Tous les muscles de son visage lui faisaient mal. « Je suis d'une autre espèce. Ils ne peuvent pas me comprendre. » Le jeune homme se redressa et reprit sa lecture. « Vite, vite, où en étais-je ? » *Louis Martin n'est plus que l'ombre de lui-même. Visiblement, les paroles du procureur général lui ôtent tout espoir de sauver sa tête. Livide, fasciné, il revit, heure par heure, les drames successifs dont il fut le triste héros. C'est à Me Houssepard qu'échoit la tâche ingrate de réconcilier les jurés avec l'épouvantail humain qui se trouve livré à leur décision. Il s'acquitte de sa mission avec une éloquence et une habileté peu communes. Réfutant point par point la thèse du vol, il ne retient contre Louis Martin que l'accusation du meurtre de M. et Mme Léon Wolff et de la tentative de meurtre sur la personne de M. Gérard Métivier. Puis, reprenant les dépositions des témoins, il s'ingénie à démontrer qu'elles s'accordent toutes pour présenter l'accusé sous les espèces d'un homme étrange, d'humeur changeante, capable tour à tour des plus délicates prévenances et des pires excès. Bref, selon lui, Louis Martin serait atteint de folie caractérisée et son cas relèverait de la psychiatrie et non de la Justice.*

— Regardez cet homme, messieurs les Jurés. Je l'ai étudié de près. Il est lucide. Il discute, il raisonne comme vous et moi. Mais, subitement, sous l'effet d'un choc intérieur, toute la machine se détraque. Les valeurs morales s'effondrent. Un rêve de sang envahit son cerveau. Ces accès de violence le prenaient fréquemment en pleine nature, à haute altitude, comme si l'espace, la nuit, le silence, eussent exaspéré en lui le besoin de tuer. Croyez-moi, les victimes de Louis Martin n'ont pas été choisies par lui. Elles se sont trouvées là au moment de sa crise. Malgré l'évidence, M. le Juge d'instruction a refusé de faire procéder à l'examen mental de mon client. Cependant, je suis en mesure de livrer à la Cour des documents émanant du médecin traitant de Louis Martin. De ces documents, il ressort que Louis Martin est bel et bien un être aux réactions excessives, imprévisibles...

Étienne posa ses mains sur ses cuisses, comme pour se retenir de frapper quelqu'un. Un va-et-vient de pensées disloquait sa tête. Tour à tour, son père se rapprochait et s'éloignait de lui. « Un fou ? Un assassin ? Comment savoir ? » *Accueillant la requête de Mᵉ Houssepard, la Cour renvoie l'affaire en continuation au lendemain, et désigne un médecin, qui examinera Louis Martin, séance tenante, et fera son rapport verbal à l'audience.* Une nuit de cellule, d'attente, d'espoirs et de peurs solitaires. Étienne feuilletait le livre, aux hautes pages minces, souillées, qui retombaient mollement sur la gauche. *La guerre contre le Japon... Hitler serait-il vivant...? Churchill, Staline, le général de Gaulle...* Enfin, en lettres capitales, ce titre noir, vulgaire, outrancier : *Louis Martin paiera...* Une photographie. « Mon Dieu, c'est lui! Debout, le dos voûté, le visage mort. Un visage en papier. Et les yeux regardent au loin, comme par des trous ménagés dans un masque. » *Le rapport de l'expert commis par la Cour conclut formellement à la responsabilité entière de Louis Martin, qui n'est pas considéré comme ayant été en état de démence au sens de l'article 64 du code pénal. On emmène l'accusé. Les jurés et la Cour se retirent pour délibérer. Au bout d'un quart d'heure, ils rentrent dans la salle d'audience. Le président donne lecture des réponses aux questions posées et, d'une voix grave, prononce l'arrêt : c'est la peine de mort.*

Étienne frémit, comme s'il venait d'apprendre cette condamnation en même temps que son père. Sa chair se hérissait. « Quoi? Ce n'est pas possible... » *Louis Martin redresse la taille. Dans ses yeux passe un éclair de révolte. Les gardes l'entraînent. Le président de Saulieu remet sa toque sur sa tête. On évacue la salle. Voilà un arrêt de la Cour qui ne risque pas d'être discuté.*

Encore un paquet de pages inutiles. Puis, à la date du 14 juin, ces quelques lignes en petits caractères : *Le recours en grâce de Louis Martin ayant été rejeté, l'assassin a été tiré de prison hier matin, à l'aube, pour*

être conduit sur le lieu de son supplice... « Mon père
marche entre deux gendarmes. La fraîcheur du petit
matin sur sa figure, sur son cou. Les dernières
bouffées d'air libre, de sons, de couleurs, de parfums.
Soudain, juste devant lui, la silhouette verticale de la
guillotine. Il recule. Il résiste. Il veut rester là, parmi
les hommes, parmi nous, dans la vie. Un prêtre lui
parle. Sans doute y a-t-il des curieux tout autour.
Des gens aux sales gueules avides. Des sangliers, des
porcs, des serpents. Quelqu'un le pousse dans le dos.
Il tombe en avant. Le couperet siffle. La tête roule
dans le panier de son. Un flot de sang jaillit, rouge,
rapide. » Étienne reçut le flot de sang en pleine face.
Il grelottait. Il claquait des dents. Un goût morne,
écœurant, meublait sa bouche. Il regarda autour de
lui. Le jeune homme boutonneux lisait une relation
de voyage. Une lumière dorée nimbait tous ces
profils inclinés, tous ces livres ouverts, toutes ces
mains studieuses. « Les honnêtes gens ont tué mon
père. » Il passa la langue sur ses lèvres. Son doigt
feuilletait le volume à l'envers. Inconsciemment, il
revenait à l'époque où Louis Martin était encore
vivant. La photo du verdict. Elle se trouvait en
dernière colonne. Une idée folle traversa le cerveau
d'Étienne : « La découper. On n'a pas le droit. Moi,
j'ai le droit. Je suis son fils. » Il tira un canif de sa
poche, l'ouvrit sous la table, subrepticement. « Et si
on me voit? Si on m'arrête? On me demandera mon
nom. La carte d'entrée. Impossible de nier. Le fils de
l'assassin découpe la photo de son père dans le
journal. Un beau scandale en perspective. Les titres

dans les quotidiens. Ma mère en larmes. Non, je ne peux pas... » Immobile, il supportait, tout ensemble, les assauts de la tentation et de la crainte. La photo grise et blanche le fascinait, l'attirait, comme si elle eût brillé au fond d'un long couloir. Il allait vers elle. Il obéissait à l'injonction de ces yeux malheureux et terribles, qui avaient cessé de vivre. « Je dois le faire. Pour lui. Pas pour moi, pour lui. C'est lui qui me supplie de le prendre, de le sortir de là. » La lame du couteau glissa sur la page. Étienne serra le bord de la feuille entre deux doigts. Un bruit de déchirure retentit jusque dans ses os. C'était le craquement d'un glacier qui s'ouvre par le milieu. Tout le monde avait entendu. Tout le monde avait vu. Il ravala une gorgée de salive et décocha un regard peureux à ses voisins. Leur attitude paisible le rassura. Les imbéciles! Pour donner le change, il froissa quelques feuilles de papier brouillon, qui traînaient devant lui, sur la table. Puis, posément, il fourra la photographie dans la poche de son veston et referma le volume. Fini. Il avait gagné. Il pouvait se retirer la tête haute.

— Enfin, te voilà, mon chéri! s'écria Marion. Je t'attendais. J'aurais besoin de toi...

Elle était assise devant la table de la salle à manger et fixait des épaulettes à une robe. Mme Marthe, penchée sur sa machine à coudre, dans une attitude ramassée de coureur cycliste, pédalait furieusement sans lever la tête. Une atmosphère de labeur féminin, nerveux et mesquin, se dégageait de ce grand désordre. Marion renfonça le dé à coudre sur son doigt, planta l'aiguille dans l'étoffe et dit encore :

— Figure-toi que Mlle Suzanne n'est pas venue, cet après-midi! Une mauvaise grippe. Elle en a pour six jours, au moins. Et tout le travail qui reste en suspens!

— C'est, en effet, très ennuyeux, dit Étienne avec effort.

— Si vous voulez que j'en parle à la fille de ma concierge? dit Mme Marthe. Elle s'occupe un peu de couture. Peut-être acceptera-t-elle de faire le remplacement?

— Ce ne sera pas la même chose, dit Marion.

— Non, bien sûr. Mais elle pourra toujours nous aider pour les bricoles.

Étienne regardait ces visages, écoutait ces voix d'un autre monde. Un abîme le séparait de sa mère. Un fleuve, un lac de sang.

— Écoute, Étienne. Tu vas me rendre un service. Daisy attend sa robe pour le dîner. Il faudrait la lui porter tout de suite. Tu prendras un taxi...

— Oui, maman.

Elle trancha le fil, se leva, prit un papier sur la desserte.

— Laissez, je vais faire le paquet, dit Mme Marthe.

Tandis que Mme Marthe emballait la robe, Marion écrivait l'adresse, au dos d'une carte de visite :

— Ne t'arrête pas chez la concierge. Monte chez Daisy, directement. Elle est prévenue.

Mme Marthe tendit à Étienne un paquet léger et souple, fermé par des épingles. Affublé de ce fardeau, il se sentit, tout à coup, mystifié, ridiculisé, détourné de son but véritable. « Sur mon bras, la robe de

Daisy, dans ma poche, la photo de mon père, mort
guillotiné. Est-ce que je rêve? » Il se balançait d'une
jambe sur l'autre, indécis, courroucé. Marion posa
sur lui un regard anxieux, dont il eut du mal à
supporter l'insistance. Puis elle le poussa vers la
porte en murmurant :

— Va vite, mon chéri, c'est important.

6

Il ralluma la lampe de chevet, s'assit sur son séant
et écouta le silence de la maison, qui voguait, comme
un paquebot aveugle, dans la nuit. Sept étages de
rêves, de paupières closes et de respirations parallèles. Dans ce vaisseau de pierres sourdes, Étienne
était seul à ne pouvoir dormir. C'était en vain
que, depuis deux heures, il tentait d'oublier son
angoisse. Le procès se jouait dans sa tête pour
la centième fois. A travers les paroles du président,
du procureur général, de l'avocat, des témoins, de
l'accusé, il s'efforçait de reconstituer le drame et
d'établir son propre jugement. Un fait lui paraissait indéniable : contrairement aux allégations du
ministère public, Louis Martin n'avait pas tué pour
s'approprier l'argent de ses victimes, mais pour
obéir aux exigences d'une obsession criminelle. Sans
être fou, comme l'affirmait son défenseur, il présentait les caractéristiques d'un homme coléreux, vindi-
catif et maussade. La violence et l'absurdité même de

ses actes excluaient toute idée de calcul. « Et puis
après? Il a tué. Pourquoi? Comment? Cela importe
peu. Il a tué. Et, à cause de lui, Marion a connu des
journées de solitude et d'humiliation. A cause de lui,
je ne pourrai plus jamais vivre de la même vie que les
autres. A cause de lui, tout est changé, pourri,
empoisonné, dans le monde qui m'entoure. » Il sortit
du lit et posa ses pieds sur la carpette usée et
rugueuse. Une lame du parquet grinça : « Pourvu
que Marion n'entende pas! » D'une démarche légère,
il s'approcha de la table. Longtemps, il avait lutté
contre le désir de revoir la photographie. Mais la
tentation était trop forte. Quand il aurait jeté un coup
d'œil sur l'image, tout irait mieux. Sa poitrine brûlait
sous la veste de pyjama. Par les volets entrebâillés,
entrait le souffle sombre et chaud de la ville. Il s'assit
sur une chaise, ouvrit le tiroir. Les reliques se
trouvaient là, logées côte à côte, comme dans une
vitrine. Avec une prudence maniaque, il les sortit,
l'une après l'autre, et les plaça sur un papier buvard.
Le lambeau de journal était plié en quatre. Étienne le
défroissa avec le plat de la main. Contre son attente,
aucune émotion ne naissait en lui à la vue de ce
document, qu'il connaissait dans ses moindres
détails. Il crut un moment qu'il s'était trompé, qu'il
examinait le portrait d'un autre. La contemplation
des boutons de manchettes en nacre et du portefeuille
en peau de porc ne modifia nullement la qualité de
son indifférence. Autour de la chambre, que la lampe
de chevet éclairait d'une manière oblique, théâtrale,
les ombres refusaient le jeu. Déçu, Étienne repoussa

les boutons de manchettes, le portefeuille, et dirigea
son regard sur la montre : une montre bien banale,
vraiment, au boîtier de métal doré, au verre rond, à
la courroie ternie. Le cadran, de couleur jaune pâle,
était sali de poussière. Les aiguilles arrêtées marquaient midi vingt. Étienne prit la montre, la
soupesa, tourna le remontoir. Et, subitement, comme
par un prodige, un tic-tac régulier répondit à son
geste. Il en fut tellement surpris, que ses mains se
mirent à trembler. Louis Martin était mort, mais sa
montre continuait à vivre. D'un mouvement prompt,
Étienne la reposa sur le papier buvard. Quelque
chose se révoltait dans son cœur contre cette mécanique idiote, qui s'obstinait à mesurer le temps, bien
que le temps eût cessé de courir pour son maître. Le
battement du balancier devenait assourdissant,
emplissait la chambre, réglait la vie de toute la
maison. Quelqu'un venait. C'était sûr. Un pas
d'automate se rapprochait dans la nuit, gravissait
l'escalier, s'engageait dans le corridor. « Qui est-ce ?
Un coup d'épaule. Le battant vole en éclats. Et il
entre. Lui. Mon père ! » Une commotion parcourut
les nerfs d'Étienne et lui donna un goût de sécheresse
et de feu dans l'arrière-bouche. « Et si c'était vrai ?
Comment l'accueillerais-je ? Serais-je pour lui ou
contre lui ? Reconnaîtrais-je seulement son visage ? »
Étienne n'avait jamais vu de cadavres. Il imaginait
des rangées de défunts honorables, lavés, rasés,
peignés, avec des joues lisses et un air de dignité dans
le creux des paupières. Des mains pieuses avaient pris
soin de vêtir ces mannequins d'apparat. On leur avait

noué au cou une belle cravate. On avait ciré leurs chaussures. On avait mis des fleurs et des cierges autour de leur repos. Louis Martin n'était pas de cette race correcte. « Tous les morts ont une tête. Le mien n'en a pas. On lui a tranché le cou. On l'a enterré en deux morceaux. Où? » Il s'aperçut avec stupeur qu'il ignorait l'endroit de la sépulture. Pourquoi chercher? Sans doute Louis Martin avait-il été enseveli dans une fosse commune. « Cela ne change rien, d'ailleurs. Les vers ne font pas de distinction entre l'honnête fonctionnaire et le bougre guillotiné. Toute chair leur est bonne. Le juge qui a condamné mon père pourrira de la même façon que lui. Ils s'intégreront à la même terre. Ils nourriront les mêmes végétaux. Ce sont les hommes qui inventent des différences qualitatives, décernent des décorations, distribuent des blâmes, font marcher la planche à billets et la guillotine. J'ai eu le prix d'excellence et mon père est un assassin. S'ils avaient su que mon père était un assassin, m'auraient-ils donné le prix d'excellence? »

Il s'était mis debout et marchait, de long en large, dans la chambre. Son ombre extravagante se cassait aux moulures du plafond. Par instants, la glace de l'armoire lui renvoyait l'image d'un pyjama flasque à rayures, au-dessus duquel flambait un visage d'ange exterminateur. A présent, pour fortifier sa conviction, Étienne appelait à la rescousse les souvenirs d'un regard paternel, d'un sourire affable, d'une main lourde qui caressait maladroitement ses cheveux. Son père le tenant dans ses bras, devant une vitrine illuminée. Son père bourrant une pipe, lisant un journal, coupant le pain. Son père penché sur son lit, pour l'embrasser. « Oui, mais il s'est penché, de la même façon, au-dessus d'un être qu'il venait d'abattre. La nuit creuse, vide, avec ses rocs silencieux et ses étoiles scintillantes. Par terre, un corps, tordu dans une pose incommode, les jambes déviées, les bras en croix, le menton durci. Quelques secondes auparavant, ce corps avait une vie, une âme, des parents, des amis, des obligations, une ampoule au pied, des brûlures d'estomac, des papiers d'identité, un but, une vocation, une patrie. Une balle de revolver a suffi à vider l'enveloppe, à dégonfler le ballon. Il n'y a plus rien d'intéressant sous cette peau qui se refroidit. Des deux mains, Louis Martin écarte les vêtements, fouille les poches. Sous ses doigts, cette chair sacrifiée, cette humidité de sang. Dans ses narines, l'odeur du néant qui se prépare. Il tire un portefeuille bourré de billets de banque. Peut-être celui-là même que je conserve dans le tiroir de ma table? Oh! ce serait affreux! Mais non, il n'a pas volé. Je suis sûr qu'il n'a pas volé. Et la montre? Et les boutons de manchettes? » Étienne jeta un regard sur les objets, comme si leur seul aspect eût suffi à le renseigner. « A qui êtes-vous? D'où venez-vous? » La surface des choses ne se laissait pas pénétrer. « Il pousse le corps dans un trou. Il fait rouler sur lui un torrent de pierraille. Il se redresse. Il est seul. Personne ne l'a vu. Moi, je l'ai vu. »

Cette idée le frappa comme un coup de hache. Il chancela. Le buste en plâtre, aux yeux et aux cheveux noirs, se mettait à penser d'une manière confuse, grumeleuse, amorphe. Dans les ailes diaprées des papillons naissaient des signaux de couleur. Les murs bougeaient. « Je l'ai vu et j'irai le dénoncer. Il le mérite. Mais, si je le dénonce, on va l'arrêter, l'interroger, le tuer. »

Il se rassit devant sa table et prit sa tête dans ses mains. Le silence nocturne l'emprisonnait comme une nappe d'huile. Quand il songeait à la mort de Louis Martin, il détestait les hommes qui l'avaient jugé, et, quand il songeait à la mort des victimes, il reconnaissait que Louis Martin méritait sa condamnation. Partagé entre l'horreur de ce que son père avait fait et l'horreur de ce qu'on avait fait à son père, il devenait le lieu d'un débat sans issue. Sur la table, la montre tictaquait imperturbablement. « Qu'il soit mon père ne constitue pas une circonstance atténuante. D'ailleurs, il s'est toujours désintéressé de moi. Je me souviens à peine de lui, je ne l'aime guère. Et si j'apprenais soudain que je ne suis pas son fils? » Il frémit et redressa la taille. Le buste en plâtre le considérait avec intérêt : « Marion rentre en larmes et m'avoue sa faute : je ne suis pas le fils de Louis Martin, mais de Pierre Dupont ou de Roger Duval. Tout change. Je suis sauvé. Je m'évade, léger et gracieux, de la glu où déjà s'enlisaient mes pattes. » Il essaya de vivre, par avance, cette minute de soulagement merveilleux. Délivré de son obsession, il reprenait son existence d'autrefois, confortable, exemplaire, laborieuse. Les livres, les amis, maman, les examens. « Non, je ne pourrais plus. J'ai

été marqué. Sinon par le sang, du moins par le nom.
Quoi qu'il advienne, je resterai au côté de l'homme
sans tête. Je ne le laisserai pas seul en butte au mépris
de tous. Du reste, à quoi bon discuter? Je suis son
fils. Je le sais. Je le sens. » Une vague d'orgueil
emplit sa poitrine : « Tous sont contre lui. Moi seul
ose prendre sa défense. Il a tué, la nuit, guidé par une
nécessité maléfique. Les autres l'ont exécuté froidement, délibérément, en plein jour, par application de
la loi et en vertu des pouvoirs qui leur étaient
conférés. Ils sont donc plus coupables que lui.
Assassins d'assassin. Meurtriers à la puissance deux.
Les juges, les bourreaux, les témoins, les victimes
baignent dans le même sang. L'erreur et la vérité, la
justice et le crime s'interpénètrent. Et, sur ce fumier
confus, poussent les fleurs de la pensée chrétienne. »
Dans le désarroi qui l'ébranlait, il eût aimé être
secouru, convaincu, par quelque discours péremp-
toire. Mais où, auprès de qui, chercher un réconfort?
Les philosophes eux-mêmes n'étaient pas d'accord
sur l'idée de sanction. Dogme théologique pur,
eudémonisme, éthique kantienne, éthique utilitaire,
éthique évolutionniste. De saint Thomas à Platon, à
Kant, à Schopenhauer, à Spencer, à Guyau, à
Bergson, chacun disait son mot et, cependant, le
monde continuait à tourner dans le vide, avec son
soleil, sa lune, ses villes, ses montagnes, ses magis-
trats et ses criminels. Quelle certitude s'attachait aux
principes de la morale, puisque les principes de la
physique changeaient d'une génération à l'autre?
Comment se faisait-il que les notions du Bien et du

Mal fussent intangibles pour les tribunaux, alors que la notion d'énergie, par exemple, avait varié selon les siècles et les savants? De quel droit les juges pouvaient-ils déclarer qu'un tel était coupable et un tel innocent, puisqu'ils ne savaient pas, puisqu'ils ne sauraient jamais ce qu'étaient l'âme et le corps de celui qui attendait leur sentence? M. Thuillier avait consacré un cours spécial au concept de justice, et notamment à la peine de mort. Les livres de classe étaient rangés en pile sous la table. Étienne s'agenouilla, démolit l'échafaudage, tira vers lui un cahier à couverture de carton bistre : *Cours de Morale.* Une écriture d'écolier sage. Des titres soulignés au crayon rouge. « Je n'étais pas encore le fils de Louis Martin. Je n'étais que le fils de Marion. » Il feuilleta rapidement cet éventail de pages manuscrites. *Considérée objectivement et d'une manière primaire, la peine de mort serait une mesure de défense de la société contre ceux qui prétendent détruire son architecture. Cependant, si du plan social nous passons au plan individuel...* » Cette littérature l'agaçait. Il lança le cahier sous la table, s'avança vers la fenêtre, poussa les volets de fer. Une nuit pure et tiède régnait sur les toits de la ville. Des étoiles minuscules brillaient aux confins de l'espace bleu. Du ciel sur la terre descendait un conseil d'acceptation infinie. « Voici la vérité. Que suis-je par rapport à ces astres? En quoi ma destinée est-elle plus intéressante que celle d'un moucheron? Les mêmes étoiles scintillaient au firmament, lorsque mon père marchait dans la montagne. C'est sous leur regard indifférent qu'il a tué. Aucun

geste humain ne saurait déranger l'harmonie fonda-
mentale de la nature. » Il referma les volets, se jeta
sur le lit, éteignit la lumière. Dans l'ombre revenue,
le tic-tac de la montre gagnait en force et en
précision. Étienne s'étendit sur le ventre et enfouit sa
figure dans l'oreiller. Alors, il lui sembla que
quelqu'un se dressait derrière lui et levait un bras de
statue. D'un bond, il se retourna. Rien. Le vide. Le
noir. La maison qui digère, qui respire, qui ronfle.
Longtemps, Étienne demeura ainsi, le dos raide, le
cou tendu, le regard fixé sur l'obscurité de la pièce.
Ses muscles s'engourdissaient. Les idées tournaient
en rond dans sa tête. Il ne s'endormit qu'aux
premières lueurs du matin.

7

CE fut Marion qui le réveilla en frappant à la porte :

— Lève-toi, Étienne, ton camarade est là.

La tête plombée, les paupières collantes, il se débattait encore sous les dernières mailles d'un rêve :

— Quel camarade?

— Bernard Palaiseau.

Étienne se tourna dans son lit :

— Je ne veux pas le voir.

— C'est impossible, Étienne. Je lui ai dit que j'allais te prévenir. Il attend dans l'antichambre.

Il grogna :

— Quelle heure est-il donc?

— Onze heures. J'ai pris le petit déjeuner sans toi. Si tu veux ton café au lait...

— Inutile.

— Hier, tu as dû lire dans ton lit, très tard.

— Oui, maman.

— C'est de la folie!...

Elle s'éloigna. Étienne se leva, enfila une robe de chambre, coiffa ses cheveux avec le plat de la main et ouvrit la porte :

— Viens par ici, mon vieux, nous serons plus tranquilles.

Le garçon entra dans la pièce, en se dandinant :

— Je ne te dérange pas? Je passais en vélo...

Étienne considérait avec gêne ce petit personnage insouciant et bien lavé, chaussé de souliers jaunes. Était-il possible que, moins d'une semaine auparavant, Bernard Palaiseau eût été pour lui un compagnon acceptable?

— On a encore le temps de faire un tour au Bois, annonça Bernard Palaiseau.

— Ça ne me dit rien, murmura Étienne. J'ai la flemme.

Il tourna le dos à son camarade et feignit de ranger des livres sur la table. Maintenant, il ne pouvait plus supporter la présence de Bernard Palaiseau dans sa chambre. Que venait-il faire chez lui, ce rouquin fadasse, avec ses histoires de balades, de billard dominical et de petites poules? D'un bond, Étienne s'était évadé de ce royaume enfantin. Il n'avait plus rien de commun avec les types de son âge. Son secret l'isolait, l'exhaussait, le rendait incompréhensible, inabordable. « Que lui dirais-je? Ce qui l'intéresse ne m'intéresse pas. Nous ne vivons plus pour les mêmes raisons et nous ne parlons plus la même langue. »

— Et cet après-midi, demanda Bernard Palaiseau, tu es libre?

— Non, dit Étienne.

Dommage, reprit l'autre. Biosque et Maroussel sont rentrés de vacances. On va prendre un pot, tous ensemble, dans une petite boîte, au quartier Latin : *Le Fisto*. J'y étais hier. C'est marrant. On a vu Thuillier. Il nous a dit bonjour...

— Je regrette, dit Étienne.

Sous la peau de son cou, de ses bras, de ses cuisses, les nerfs trop tendus devenaient douloureux. « Comme je suis loin de lui! Comme je suis à plaindre! Que vais-je faire de moi? »

— Je t'assure que tu devrais nous accompagner. Il y aura deux filles que Maroussel a raccrochées en vacances, à La Baule...

— Je ne peux pas, dit Étienne. J'ai promis à ma mère de sortir avec elle.

Palaiseau lui lança un regard aigu :

— Si ça t'emmerde que je te relance comme ça, dis-le.

— Mais non, mon vieux. Seulement, je suis très pris en ce moment. Voilà tout. Plus tard, on verra...

Et il pensa avec terreur, avec ivresse : « S'il savait! S'il pouvait comprendre! » Bernard Palaiseau posa son index sur le nez du buste en plâtre :

— C'est vu. Je file. Tu me feras signe.

— Je te le promets, dit Étienne.

A l'heure du déjeuner, Marion lui demanda s'il avait pris rendez-vous, pour l'après-midi, avec son camarade.

— Non, dit Étienne. Il est trop bête. Je préfère rester seul...

— C'est dommage, mon chéri, dit-elle. Il faut que

tu sortes, que tu t'amuses. Je n'aime pas te voir plongé, du matin au soir, dans tes livres...

L'intonation inquiète de Marion le rappela à l'ordre. Il avait oublié son rôle. Pour ne pas alarmer sa mère, il devait jouer devant elle la comédie épuisante de la sérénité :

— Ne me plains pas, Marion. Je suis très bien comme ça. Tu sais que j'adore bouquiner. C'est mon vice...

Tout en parlant, il imposait à son visage la contrainte d'un sourire, d'un regard joyeux. Et Marion désirait tellement être rassurée, qu'elle accueillait avec crédulité les moindres signes de cette prétendue bonne humeur.

— Tu es vraiment un drôle de garçon, Étienne...

— Peut-être, maman. Mais il faut me laisser vivre à ma guise. En ce moment, j'ai un projet formidable.

— Lequel ?

— Je voudrais... je voudrais écrire un bouquin, un essai sur les créations oniriques...

Elle écarquilla des yeux enfantins :

— Qu'est-ce que cela signifie ?

— Les créations faites en état de rêve. Le problème a été mal étudié. J'ai mon idée là-dessus...

Il parlait vite, pour l'étourdir, l'éblouir et le distraire de ses soupçons. Son aisance dans le mensonge l'étonnait lui-même. Un boulet de fonte pesait dans son cœur, il avait envie d'avouer, de s'ouvrir, de demander conseil et, cependant, de ses lèvres coulait un discours élégant et trompeur :

— En fait, c'est parce que nous ne savons pas

nous éveiller que nos rêves nous paraissent absurdes.
En ouvrant les yeux, nous déchirons une trame
d'images, nous rompons une harmonie de situations.
Si nous pouvions conserver dans notre mémoire
l'enchaînement parfait des séquences qui ont com-
posé notre vision onirique, nous serions en présence
d'une œuvre d'art admirable. Tu comprends?

— Oui, mon chéri. C'est très intéressant.

— N'est-ce pas?

Il dut serrer les dents pour contenir le sanglot qui
se formait dans sa gorge. Sur les murs, les coqs, logés
au creux des assiettes, le regardaient, le jugeaient
froidement. « Tu mens. Tu es le fils d'un assassin et
tu mens. »

— Suzanne reprend son travail demain, dit
Marion. C'est un soulagement pour moi. J'étais
éreintée...

— Et Daisy, demanda-t-il, est-elle satisfaite de sa
robe?

— Enchantée. Mais elle voudrait faire supprimer
les nervures sur le corsage. J'estime que ce serait une
erreur.

— Oui.

— Elle m'a dit au téléphone, ce matin, qu'elle te
trouvait très joli garçon.

Il sourit dans le vide, sottement, la bouche tirée,
les joues raides. Marion le menaça du doigt :

— Je crois qu'elle ne te déplaît pas, non plus...

— Oh! moi... je l'ai à peine regardée...

— Tu as eu tort. Elle est ravissante.

Il planta ses ongles dans les paumes de ses mains.

L'épreuve était au-dessus de ses forces. « Il faut que je m'habitue. Ce sera ça ma vie, désormais. Feindre, mentir, tout garder en moi. » Enfin, Marion débarrassa la table. Mme Marthe sonna à la porte. Et Étienne prétexta un travail urgent pour s'enfermer dans sa chambre.

Les jours suivants, il retourna à la Bibliothèque nationale, pour y consulter d'autres récits du procès. Tous les journaux qu'il put feuilleter présentaient l'assassin sous les traits d'un personnage qui ne méritait pas le pardon. A force de les lire, Étienne avait appris par cœur certains passages du réquisitoire et de la plaidoirie. Il se les récitait, le soir, avant de s'endormir. Et il lui semblait qu'il était, tour à tour, le procureur général et l'avocat de son père.

Cependant, à la maison, la vie continuait, immuable dans ses moindres rites. Les couturières cousaient. Marion vendait des robes. Et M. Maxime Joubert téléphonait, chaque jour, à dix heures et demie du matin. Vendredi, la machine à coudre se détraqua et un spécialiste vint la réparer, sous l'œil méfiant de Mme Marthe. Samedi, ces dames reçurent la visite d'une cliente sud-américaine, qui commanda trois modèles à la fois. Dimanche, après le déjeuner, Marion proposa à son fils de l'accompagner au cinéma, en matinée. Il voulut refuser, mais se retint, par crainte de chagriner sa mère. Ils se penchèrent tous deux sur le journal ouvert à la rubrique de l'écran. Le regard d'Étienne glissait le long des colonnes. La plupart des films étaient dédiés aux exploits des gangsters. Des placards, en bas de page, montraient des hommes au front étroit, armés d'un pistolet fumant, des figures de femmes déchirées par la peur, des éclaboussures de sang noir autour d'une main crispée. *Tueur à gages... Le Troisième Homme... Le Marché des brutes... Fait divers... Le Portrait d'un assassin...* Étienne devinait l'embarras de Marion devant cette série de titres violents. De toute évidence, elle ne voulait pas imposer à son fils un spectacle qui risquait de réveiller en lui le souvenir de Louis Martin. Elle regrettait même déjà sa proposition. Elle disait :

— Je ne vois rien de bien fameux...

Il eut pitié d'elle à en crier : « Pauvre Marion ! Comme elle se donne du mal ! »

Pour la tranquilliser, il tendit le doigt vers un titre anodin :

— Allons voir ça.

— Quoi, ça ?

— *Le Lagon bleu.* Ce doit être charmant. Cela se passe sur une île du Pacifique...

Elle le remercia d'un sourire :

— Oui, oui... Tu as raison...

Ils durent faire la queue devant le cinéma et ne purent trouver de place que près de l'écran, sur le côté. La salle était pleine. Une chaleur étouffante pesait sur la nuque des spectateurs. L'air sentait le bonbon acidulé et la transpiration recuite. Marion prit la main d'Étienne et demanda :

— Tu n'es pas trop mal ?

— Mais non.

Sur l'écran passaient des images en couleurs, qui

représentaient la mer furieuse, un pont de navire, des
figures d'enfants, une île couverte de palmiers et
frangée d'écume savonneuse. Pendant quelques
minutes, Étienne s'intéressa au déroulement gentillet
de l'intrigue. Puis, il tressaillit, comme si quelqu'un
l'eût surpris en flagrant délit de distraction. Son
tourment personnel lui interdisait la moindre conces-
sion à la facilité. Quelle que fût l'imagination des
cinéastes, il leur eût été impossible de concevoir et
d'illustrer une aventure plus singulière que la sienne.
« Est-il admissible que ma mère, après ce qu'elle a
vécu, prenne du plaisir à de pareilles fadaises? » Il
regarda le profil de Marion, tendu vers le rectangle
lumineux où s'affrontaient des fantômes loquaces.
« Elle marche. Elle est subjuguée. Elle habite une île
déserte, se nourrit de noix de coco et nage dans un
déferlement de vagues bleu turquoise. Je suis abandonné de tous... » Un homme nu et musclé plongea
dans l'eau à la recherche des huîtres perlières. Ses
bras fendaient les draperies liquides, écartaient les
rubans d'algues qui crachaient des bulles d'argent,
frôlaient de gros rocs spongieux, d'où s'échappait un
essaim de poissons en forme de fers de lance.
Soudain, du plus profond de l'abîme, une face
flasque surgit, se gonfla, se divisa en tentacules
agiles. Les lanières noires et roses de la pieuvre
s'abattirent sur sa proie, nouant les membres, ceintu-
rant le torse, liant le cou. Chargé de huit serpents aux
anneaux visqueux, l'infortuné pêcheur s'efforçait en
vain de remonter à la surface. Des initiales de
caoutchouc vivant l'enlaçaient, le broyaient, l'atti-

raient vers un bec goulu. Étienne perdit le souffle, comme si ce nageur imprudent n'eût été autre que lui-même. Ses poumons se vidaient. Le sang cognait dans ses oreilles. Marion, fascinée par cette scène d'épouvante, s'était penchée en avant. Une moue puérile entrouvrait ses lèvres. « Et moi? moi qui étouffe, moi qui souffre à côté d'elle, m'aurait-elle déjà oublié? » Un nuage d'encre noire envahit l'écran. La pieuvre était tuée. Le nageur, sauvé, haletant, reprenait vie sur les genoux de sa compagne, aux seins ornés de fleurs et de coquillages. La musique coulait, sucrée et lente, comme un sirop contre la toux. Marion dit :

— C'est impressionnant, n'est-ce pas?

Il ne répondit pas. Sa pieuvre à lui était encore vivante. Quand le mot : « Fin » apparut sur l'écran, Étienne s'épongea le front et se renversa sur le dossier de son fauteuil.

— On s'en va? demanda-t-il.

— Tu ne tiens pas à voir les actualités?

— Non.

— Eh bien, partons. D'ailleurs, j'ai donné rendez-vous à Daisy, vers six heures, au sous-sol du « Rond-Point ». Si tu veux venir?...

Il rougit :

— Excuse-moi. Je préfère rentrer.

— A ta guise, mais Daisy sera déçue.

Elle le taquinait avec gentillesse. Elle l'invitait à entrer dans la ronde des petits sentiments. « Comme elle me connaît mal! » La foule les poussait dans le dos. Un troupeau obscur et têtu, fait de regards vides, de maquillages décomposés et de faux cols moites. Après un piétinement interminable, ils furent enfin éjectés à l'air libre et Étienne respira.

— Quel film stupide! dit-elle. A part la scène de la pieuvre...

— Un bon truquage.

— Cela nous aura toujours fait passer un moment. Je serai de retour pour l'heure du dîner.

Il la regarda s'éloigner, légère, dansante, dans la lumière bleue et poudreuse qui nimbait les Champs-Élysées. Bientôt, sa silhouette se fondit à la masse rampante des promeneurs. Étienne tourna les talons et se dirigea vers l'arrêt de l'autobus. Une vingtaine de personnes, rangées en file, attendaient sous le panonceau. « J'aurai plus vite fait de rentrer à pied », pensa Étienne.

Il marchait rapidement dans l'avenue Marceau. Des visages, des affiches, des coups de klaxon ponctuaient sa méditation. Cette dernière expérience était concluante. Il ne trouvait plus de goût à rien. Il ne pouvait plus s'entendre avec personne. La révélation qu'il avait reçue le plaçait dans une situation fausse vis-à-vis de l'univers entier. Valeureusement, il tenta d'imaginer son avenir : Étienne à trente ans, Étienne à quarante ans, avec une femme et des gosses, un métier, un petit ventre... C'était comique. « Je ne suis pas viable », se dit-il. Cette idée percuta dans sa cervelle, et il s'arrêta net devant la vitrine d'un maroquinier. Oui, c'était bien cela : il n'avait été lancé dans le circuit que pour jouer un rôle bref et fulgurant. Une petite fusée, suspendue dans l'air, qui explose, brille et s'efface. Un cri, un éclat, un geste de refus. « Le monde a refusé mon père, je refuse le monde. » Il se remit à marcher, les bras ballants, les pieds plats. « Pourquoi pas? Ce serait la meilleure solution. Je me suis écarté du troupeau. Je souffre d'être un cas particulier. Puisque l'épreuve est au-dessus de mes forces, mieux vaut supprimer cette douleur en me supprimant moi-même. Marion pleurera. Mais elle aura Maxime Joubert pour la consoler. Des journaux publieront des articles sur mon compte. Mais je ne serai plus là pour les lire. Le noir. Le silence. L'oubli. Je ne crois pas en Dieu. Donc, je suis libre. » Il pensa au petit revolver que Marion cachait dans sa table de nuit. « Tout est si simple! Il suffit de vouloir vraiment. Ce soir, par exemple... »

Place de l'Alma, il attendit que l'agent de service autorisât les piétons à traverser la rue. « C'est bête. J'aurais pu me jeter sous les roues d'une auto. Non, à la maison, c'est à la maison que je veux mourir. » Un peu plus loin, il se sentit fatigué et s'assit sur un banc. A côté de lui, un couple de vieillards, proprement vêtus, suivait d'un regard hébété le mouvement continuel des voitures. La vue de ces deux êtres, ridés, voûtés, collés l'un contre l'autre, comme des naufragés sur un radeau, le combla d'une répulsion tranquille. La mort était préférable à une pareille déchéance. Tout homme digne de ce nom devait renoncer, par avance, aux tares hideuses de la sénilité. « Les verrues, les poils blancs, les plis de la peau, la mauvaise odeur, l'imbécillité souriante ne seront pas pour moi. Je suis jeune. Je veux le rester. Et je ne puis le rester qu'en me tuant. »

Lorsqu'il arriva enfin devant la maison, sa décision était fermement arrêtée. Une paix merveilleuse avait succédé dans son esprit au gâchis des réflexions contradictoires. Entre les murs de l'appartement, vide et vaste, son pas retentit gravement. La table de nuit n'avait été placée là que pour contenter son désir. Il ouvrit le tiroir. Au milieu d'un amas de tubes d'aspirine, de boutons dépareillés et de cartes de visite, le revolver, petit et noir, dormait en attendant son heure. Étienne glissa l'arme au fond de sa poche et se réfugia dans sa chambre, dont il ferma la porte à double tour.

La chambre devint attentive, se figea, accepta sa fonction de décor. Étienne croyait être seul et, cependant, une foule immense le contemplait. Il se trouvait sur une scène exhaussée, face à l'abîme où se pressait la masse sombre des spectateurs. C'était comme dans les mauvais rêves. On doit jouer une pièce de théâtre qu'on n'a pas encore répétée. Et, soudain, le rideau se lève, le public est là. Il faut agir, parler. « Mais je ne sais pas comment on fait. Je n'ai pas appris. » Il sortit du tiroir la photographie de Louis Martin, les boutons de manchettes, le porte-feuille, la montre. La montre s'était arrêtée. Il la remonta, la mit à l'heure et la plaça en évidence sur la table, avec les autres objets. « C'est bien. J'agis selon les règles. » Le revolver tirait la doublure de sa poche. Il le prit en main, le serra fortement. Une sensation de métal frais grimpa le long de son bras et se logea sous son aisselle. « Surtout, ne pas réfléchir, coller le canon à cinq centimètres de l'oreille, appuyer sur la gâchette. Et après?... » Ses muscles étaient mous. Un poids terrible, en forme de haricot, chargeait ses doigts. Il lui sembla que le public s'impatientait : « Vite, vite, allons! » Il leva la main. Le petit cercle d'acier s'appliqua contre sa tempe. La glace de l'armoire lui renvoya l'image d'un jeune homme blond et pâle en train de téléphoner. C'était ridicule. Il tourna le dos à la glace. « Finissons-en. » Ah! si quelqu'un avait accepté de presser la gâchette à sa place, s'il avait pu se retrouver mort sans s'être donné la mort! Impossible. Il fallait qu'Étienne fît tout par lui-même. « Mon père a eu plus de chance. On l'a traîné vers la guillotine. Il lui a suffi d'obéir. » A présent, les objets, les murs, naguère insensibles, se liguaient contre lui, sécrétaient d'immondes éloges, suaient de douceâtres réminiscences, faisaient flotter dans l'air des relents d'insomnies, de tilleul, de buvard, de soupe au riz, de livres de classe et de soldats de plomb. L'essence de son passé l'encerclait, l'emprisonnait et retardait sa décision. Il devait se résoudre à détruire non seulement cet instant de sa vie, mais sa vie entière, qui ondulait derrière lui, autour de lui, comme la queue d'un poisson chinois. A l'idée de tout ce qui allait cesser de vivre, dès qu'il aurait cessé de vivre lui-même, une épouvante solennelle glaça ses os. La montre grignotait quelque chose, avec de petites dents de rat. « Un, deux, trois... A vingt-sept, je me tue... Non : à trente... J'ai le temps. » Il aurait voulu emporter dans la mort les objets, les êtres qu'il aimait : Marion, sa bicyclette, quelques livres, la photographie. Mais c'était interdit. Il fallait tout laisser sur le rivage. Vêtements et souvenirs, avec une étiquette dessus. Un gouffre lui soufflait à la face son haleine de terre humide. C'était ça, le néant. Il se penchait sur le néant. Il entrait dans le néant, par petites secousses. « Courage. Un déclic. Le geste de marquer un point au billard. Et le problème sera résolu. » Une rumeur courut dans la foule. « Qu'est-ce qu'il attend ? C'est grotesque. Il ne peut ni se passer des hommes, ni vivre parmi eux. » Le doigt d'Étienne appuya faiblement sur la gâchette. Et, aussitôt, il lui sembla qu'une balle trouait les os de son crâne, éclatait dans sa cervelle en grumeaux de sang, en crachats de moelle, en flammes de douleur. Il chancelait, tournoyait dans le vent, s'effondrait sur le sol et devenait une lame de parquet. « Imbécile ! Pourquoi ai-je fait ça ? Maintenant, il est trop tard. » Dans la glace de l'armoire, le jeune homme était toujours debout et tenait un revolver à la main. Étienne poussa un soupir de soulagement : « Je n'ai pas tiré. » Ses genoux se mirent à trembler. Une débandade flasque se faisait au-dedans de lui-même. La carcasse lâchait de partout. Il ne voulait plus rien. Il avait peur. Peur de la mort et peur de la vie. Le public le sifflait, le huait. Une deuxième fois, sans conviction il approcha le revolver de sa tempe. Mais, maintenant, il savait que la pose n'était pas dangereuse. « C'est ainsi que l'on fait quand on veut se tuer. Mais moi, je ne veux pas me tuer. Je ne me tuerai pas. » Un flot de

larmes gonfla ses yeux : « Marion... Marion... Au
secours!... » Le revolver tomba sur la table. Étienne
s'adossa au mur, les bras pendants, la tête basse,
comme à l'issue d'un combat sans merci. Il haletait :
« Il faut que je trouve quelqu'un à qui parler...
Sinon, je deviendrai fou... Déjà, je ne sais plus si je
suis moi-même! » Un désir éperdu le saisit de fuir
cette chambre immobile, de s'enfoncer dans la
lumière, dans le bruit, d'être vu et entendu par des
gens aux visages de chair. Il ouvrit la porte, se
précipita dans le corridor, dévala les premières
marches de l'escalier. Puis, il s'arrêta, réfléchit :
« Mon Dieu! le revolver. Je ne l'ai pas remis à sa
place! » Il revint sur ses pas, prit l'arme et la rangea
dans la table de nuit de Marion. Il sentait les
pulsations de son cœur jusque dans ses orteils. Le
dégoût qu'il avait de lui-même était si violent qu'il se
promit de chercher une autre occasion de mourir.

8

— ENTREZ donc! dit M. Thuillier.

— Je ne voudrais pas vous déranger...

— Quelle idée! J'avais fini de travailler! J'habite seul! Et je n'attends personne! Autant dire que vous tombez bien...

Étienne pénétra dans une petite pièce basse et sale, qui lui parut taillée dans du mauvais carton. Une lampe de bureau, coiffée d'un abat-jour vert absinthe, versait une lueur sous-marine sur des récifs de livres à demi éboulés et des dalles de papier blanc. L'air était saturé d'une odeur épaisse de tabac. Une large planche, placée sur des tréteaux, servait de table.

— Asseyez-vous, dit M. Thuillier en désignant un fauteuil en rotin.

Lui-même restait debout, les mains dans les poches, le bedon en avant. Il était en manches de chemise, la cravate nouée bas. Deux cellules d'or marquaient les verres bombés de ses lunettes. Un mégot éteint pendait à sa lèvre. Étienne respirait avec difficulté. Tout au fond de lui, sous de lourdes couches de chair inerte, il sentait battre son cœur. Un vertige se leva du parquet nu et souillé de cendres. « Je vais vomir », pensa Étienne.

— Quoi de neuf? demanda M. Thuillier.

Étienne se pencha un peu. Le fauteuil grinça.

— J'ai besoin de vous, monsieur, dit Étienne d'une voix contenue.

M. Thuillier ne le quittait pas du regard :

— Ah! oui?

— Oui... Il faut que je vous dise... C'est... très grave...

Il se tut. Les mots se bloquaient dans sa gorge. Une chaleur de honte courait sur sa peau. M. Thuillier inclina la tête et tenta de rallumer son mégot à la flamme d'un briquet rond et plat :

— Vous avez des ennuis?

— Oui, dit Étienne.

— Quels ennuis?

Étienne hésita quelques secondes, ferma à demi les paupières et répondit dans un souffle :

— Tout à l'heure, j'ai voulu me suicider.

— Mes compliments, dit M. Thuillier.

Il avait réussi à rallumer son mégot et paraissait heureux de cette performance.

— Mon cher, reprit-il, le désir de se tuer est l'apanage des êtres supérieurs. Penser au suicide, c'est porter un jugement sur la nécessité de la vie. C'est faire de la métaphysique appliquée. Les animaux, les sauvages, les simples d'esprit ne se suicident pas. En revanche, tout homme évolué s'est demandé, au moins trois fois dans sa carrière, si la mort n'était pas préférable au destin qu'il avait choisi.

Étienne, qui avait compté sur l'étonnement de son professeur, fut déçu par ce discours raisonnable. M. Thuillier fronça les narines et poursuivit d'un air enjoué :

— Notez que je suis tout de même heureux de vous voir vivant. Penser au suicide est salutaire. Mettre le projet à exécution entraîne des conséquences fâcheuses. Revolver, poison, corde au cou ?

— Revolver, dit Étienne.

— C'est simple et viril. Et, au dernier moment, vous avez eu peur ?

Étienne baissa la tête :

— Oui. Je n'ai pas pu. C'était plus fort que moi...

— Ne vous excusez pas. Mais pourquoi, sans indiscrétion, avez-vous désiré vous tuer ? Une déception sentimentale, sans doute ?

— Non, monsieur! s'écria Étienne.

La supposition de son professeur lui paraissait injurieuse. Ses lèvres frémissaient. Ses yeux brillaient, jetaient du feu, droit devant lui.

— Je n'ai pas voulu vous vexer, reprit M. Thuillier. Il est normal qu'à votre âge...

— Puisque je vous dis que non...

— Eh bien, n'en parlons plus. D'ailleurs, il est très difficile de déterminer la cause d'un suicide. On marche depuis des années sur le même chemin, borné par le même horizon. On n'est ni heureux ni malheureux. On obéit à l'habitude de vivre : travailler, manger, prendre le métro, aller au cinéma, dormir, compter ses sous. Et, soudain, la chaîne des gestes quotidiens est rompue. L'esprit s'affole dans le vide. Le décor chancelle. Saisi de panique, l'homme se pose de terribles questions : « Pourquoi? A quoi bon? Que dois-je faire? » Il n'est pas rare que, chez des êtres jeunes, l'étude de la philosophie précipite la crise.

— Ce n'est pas l'étude de la philosophie qui m'a dérangé l'esprit, dit Étienne.

— Et quoi donc?

Étienne appuya ses avant-bras sur les accoudoirs du fauteuil. Il était au sommet d'une tour. Il allait sauter. Il murmura :

— J'ai appris... J'ai appris, il y a quelques jours, que mon père était un assassin.

M. Thuillier écrasa son mégot contre son talon, attira une chaise et s'assit derrière sa table. Ses mains larges, aux doigts courts, étaient croisées sous son menton. Ses lèvres remuaient l'une contre l'autre.

— Mais comme c'est intéressant ! dit-il.

Étienne eut l'impression que M. Thuillier ne le croyait pas.

— Je vous jure que c'est vrai, monsieur, dit-il.

Relevant la tête, M. Thuillier prit une règle et s'en gratta la nuque, à petits coups, comme s'il eût manié un archet.

— Et quand l'événement se serait-il produit? demanda-t-il enfin.

— Il y a cinq ans. A Cauterets. Vous n'avez pas lu dans les journaux le procès de Louis Martin?

— Peut-être. Je ne sais plus...

— Louis Martin, dit Étienne, c'était mon père. On l'a jugé. On l'a guillotiné. Ma mère m'avait laissé dans l'ignorance...

Poussé par le besoin d'émouvoir son interlocuteur, Étienne racontait tout : la lettre, le paquet, les révélations de Marion, la lecture des journaux, le procès. Il s'étonnait lui-même du plaisir qu'il prenait à cette confidence. L'intérêt que lui témoignait M. Thuillier apaisait ses scrupules et facilitait ses aveux. Oubliant toute retenue, il se déchargeait, il se soulageait d'un poids de paroles longtemps prisonnières. Il exsudait son poison par tous les pores de sa peau.

— J'ai beaucoup hésité à venir vous voir, dit-il. Je n'osais pas. J'avais honte. C'est affreux de vivre avec un secret pareil dans le cœur. Impossible d'en parler à ma mère sans la blesser. Et aucun de mes camarades n'eût été capable de me comprendre. Vous avez été très chic pour moi. Toujours. J'ai confiance en vous. Vous m'aiderez, vous me conseillerez... Il y a sûrement quelque chose à faire...

— Que voulez-vous faire?

— Je ne sais pas, moi? Voir l'avocat. Essayer de déterminer jusqu'à quel point mon père était responsable. Un fait est certain : il n'a pas tué pour voler, contrairement à ce qu'ils ont dit. Mais il était peut-être employé par la milice, par la Gestapo. Il agissait pour le compte d'un parti politique...

— Vous préféreriez cette explication?

— Une conviction, un idéal, cela excuse les pires excès... Non?... Je n'y comprends rien... C'est à vous de me dire... Je voudrais réhabiliter sa mémoire... Je voudrais prouver aux gens qu'ils ont eu tort de le guillotiner...

— Qu'est-ce que cela changerait, puisqu'il est mort?

— Cela changerait tout. Je pourrais penser à lui sans révolte, sans inquiétude.

— C'est donc dans votre intérêt personnel que vous souhaitez la réhabilitation de votre père?

— Mon intérêt et le sien ne font qu'un. On l'a injurié. On l'a traîné dans la boue. On lui a coupé la tête. Je ne peux pas supporter l'idée de cet homme sans tête. Tantôt je le hais et tantôt je le plains. Autrefois, j'étais un type comme les autres. Et, tout à coup, je suis le fils d'un assassin. Je n'ai rien fait pour ça. Je suis innocent. Et c'est comme si j'étais coupable. Aussi coupable que lui. Les gens me font peur ou me dégoûtent, parce qu'ils ne savent pas, parce que, s'ils savaient, ils s'écarteraient de moi. Je me promène dans le monde en pestiféré. J'ai envie de cracher sur tout, de déchirer tout...

Les mots lui venaient dans la bouche comme de gros hoquets nauséeux. Son destin écrasant se confondait avec la chaleur, la fatigue, le bourdonnement de sa voix dans la chambre. A travers un voile humide, il apercevait vaguement la tête de M. Thuillier, lourde et ronde, sa bouche large, ses yeux saillants, derrière des lunettes à monture d'or.

— Je comprends votre détresse, dit M. Thuillier, mais je vous déconseille formellement d'aller voir l'avocat. Quel que soit le motif pour lequel votre père a tué, l'idée d'un procès en réhabilitation est irrecevable. Louis Martin a tout de même descendu deux ou trois personnes. Pour les voler, ou pour se venger, ou pour les empêcher de franchir la frontière, cela ne change rien au regard de la Loi.

— Donc, dit Étienne, je dois accepter leur sentence, je dois admettre qu'ils ont eu raison, je dois les remercier d'avoir bien rendu la justice...

— Je ne vous en demande pas tant! s'écria M. Thuillier, en levant les deux mains à hauteur de ses oreilles. Protestez en vous-même, tant que vous voudrez. Mais sachez que cette protestation n'aura qu'une valeur intrinsèque.

Étienne haussa les épaules :

— Cet avocat a connu mon père. Il l'a vu en prison. Il lui a parlé. Il pourra me dire...

— Quoi?

— Quel genre d'homme était mon père, si je dois le détester ou le défendre...

— Je suppose que vous n'avez pas besoin du conseil d'un avocat pour savoir ce que vous avez à faire.

— Mais si. Je n'y vois plus clair, moi! Je deviens cinglé!...

M. Thuillier se leva, s'approcha d'Étienne, posa une main sur son épaule.

— Écoutez-moi bien, mon vieux, dit-il. Si j'étais à votre place, je serais heureux de ce qui m'arrive.

— Heureux? balbutia Étienne. Heureux d'être le fils d'un assassin?

— Pourquoi pas? Oubliez qu'il s'agit de vous. Tâchez de raisonner objectivement. En se jetant dans l'univers, en y souffrant, en y luttant, l'homme se définit et se crée, peu à peu, par opposition aux autres hommes. Ceux que nous nommons nos semblables ont pour première utilité de nous démontrer que nous ne leur ressemblons pas. Par conséquent, c'est dans la mesure où nous ne sommes pas eux, que nous sommes nous, c'est parce que nous nous heurtons au monde, que le monde existe et que nous existons.

— Oui, dit Étienne, vous l'avez déjà expliqué en classe. Mais quel rapport cette conception du monde a-t-elle avec le cas de mon père?

— Attendez, Martin; si l'homme n'est pas, mais se fait, et si, en se faisant, il fait le monde qui l'entoure et invente la manière de s'en servir, comment ne serait-il pas saisi de crainte devant une si entière responsabilité?

Les mots tombaient sur Étienne, drus et nets. Il se retrouvait au lycée, sur un banc, face au tableau noir. « L'*être* et le *paraître*... le *cogito préréflexif*... l'*être transphénoménal*... » Le souvenir de ce passé heureux et irrecouvrable lui poigna le cœur. M. Thuillier leva un doigt :

— L'homme se débat au centre d'un chaos. Il sent qu'il lui sera impossible, quelle que soit son intelligence, de découvrir la justification exacte de sa présence sur la terre. Cette ignorance étant acceptée,

8

il éprouve de l'angoisse devant l'absurdité de sa
condition, que nul ne saurait lui expliquer en termes
humains. Vous me suivez?

— Mais oui, monsieur...

« Où veut-il en venir? Je connais sa théorie. Mais
c'est un jeu de l'esprit qui ne me concerne pas. Je suis
dans la vie, moi, profondément, affreusement. Et lui
jongle avec des idées, enchaîne des raisonnements, se
bat contre des ombres. » De nouveau, il pensa au
revolver. Un frisson galopa de ses reins à sa nuque.

— Que signifie le séjour de l'homme dans un
pareil enfer de faux-semblants et de contradictions?
Si je me persuade que la vie est stupide, incohérente,
limitée dans le temps, je dois admettre que la seule
façon de vivre est de vivre à un rythme accéléré.
N'être pas délicat, mais goulu. Mettre les bouchées
doubles. Profiter de toutes les occasions qui se
présentent à moi d'affirmer ma vraie nature!

Il s'éloigna d'Étienne comme pour mieux le voir et
croisa ses bras sur sa poitrine :

— L'honnêteté, pour celui qui a compris l'absurdité du monde, ne consiste pas à être ce que les
autres veulent qu'il soit, mais ce qu'il veut être lui-
même. C'est en étant lui-même, le plus intensément
possible, qu'il emploiera au mieux le laps de temps
qui sépare sa naissance de sa mort. Quelle que soit sa
destinée, si cette destinée a été librement choisie par
lui, elle est digne d'estime.

Étienne eut un geste d'irritation :

— Autrement dit, l'homme est sa propre fin. Et,

puisque mon père éprouvait le besoin de tuer, il a eu raison de le faire.

— Au point de vue des juges, des victimes, bref de la société : non. A son point de vue personnel : oui. Chacun étant maître de sa morale, votre père, vis-à-vis de sa conscience, est responsable, mais non coupable.

— Mais voyons, monsieur, ce n'est pas possible, murmura Étienne.

Il lui sembla, le temps d'un éclair, que M. Thuillier se moquait de lui. Il leva les yeux. Le visage du professeur était grave, inspiré. Son regard, derrière les lunettes épaisses, défiait tous les adversaires, présents et à venir, de sa philosophie.

— Et pourquoi pas? dit-il d'une voix sèche. Si Dieu n'existe pas, s'il n'y a pas de morale *a priori,* toutes les activités humaines sont équivalentes. Or, si toutes les activités humaines sont équivalentes, nous ne devons pas les juger d'après le but poursuivi, mais d'après l'acharnement que chaque individu apporte dans la course. L'enjeu compte moins que la conviction dépensée pour l'obtenir. L'ivrogne parfait est plus respectable que le prêtre imparfait. Et il revient au même d'être un excellent employé des Postes ou un excellent assassin.

Il dressa le menton, jeta sur Étienne un regard malicieux et glissant, couleur de réglisse, et dit encore :

— Vous n'êtes pas de mon avis? Vous auriez préféré que votre père fût un fonctionnaire raté, un cordonnier paresseux?...

— Oui, dit Étienne, n'importe quoi, mais pas ça.

— Vous me faites penser aux gens qui, jadis, à la sortie d'un théâtre, huaient l'acteur chargé d'interpréter le rôle du traître, dans la pièce. Ces braves gogos reprochaient au comédien le talent dont il avait fait preuve dans sa création. Ils lui en voulaient, en quelque sorte, de l'admiration qu'ils avaient pour lui. Ils le détestaient, parce qu'il avait été exactement ce qu'il devait être. Votre père a été ce qu'il devait être. Il s'est engagé dans une voie, bonne ou mauvaise, ces mots ne signifient rien. Mais il est allé jusqu'au bout de cette voie, et c'est cela seul qui compte.

M. Thuillier parla longtemps encore sur ce thème. Étienne, abasourdi, se sentait gagné par une torpeur écœurante. Ses membres se détendaient, pendaient comme des tresses de laine molle. Son esprit voguait loin de lui, sur une nappe de fumée bleue. Il crut un instant qu'il dormait, que cette chambre, ces papiers, cet homme le visitaient en songe.

— Avez-vous compris, maintenant? demanda M. Thuillier.

Étienne tressaillit, revint sur terre.

— Oui, dit-il. Je crois... J'essaie... Mais moi, là-dedans, qu'est-ce que je deviens?...

— Vous flottiez. Vous vous cherchiez. Vous venez de trouver votre raison d'être.

— Quelle raison d'être? Je ne sais plus qui je suis.

— Vous êtes le fils d'un assassin. Au lieu de vous dérober à cette vérité, il faut vous en pénétrer avec gratitude.

— C'est-à-dire?

— C'est-à-dire que, désormais, il importe que vous agissiez, non plus comme le fils d'un monsieur quelconque, mais comme le fils du « tueur de Cauterets ». N'essayez pas d'oublier, d'excuser ou de dénigrer votre père. Acceptez-le tel qu'il est. Soyez fier de ses crimes et de sa tête tranchée.

Étienne secoua le front. Il lui sembla que des écailles volaient autour de lui :

— Je ne pourrai pas...

— Mais si, mais si, c'est une question de bon sens. L'homme doit savoir que tout lui est permis. Les récompenses et les punitions de ses actes sont en lui-même. Rappelez-vous le beau cri de Nietzsche : « J'ai rendu la noblesse à toutes les choses, quand j'ai dit qu'au-dessus d'elles aucune volonté ne voulait. » Pensez à tous les philosophes du désespoir existentiel. C'est en étant, avec lucidité, un assassin, que votre père s'est mis en accord avec sa conscience. C'est en étant, avec lucidité, le fils d'un assassin, que vous retrouverez la paix de l'esprit et la joie de vivre.

— La joie de vivre?... chuchota Étienne.

Il songea à Marion, à Maxime Joubert. Son cœur se serra.

— Voulez-vous que je vous lise un passage de mon bouquin? dit M. Thuillier.

— Oui, dit Étienne.

Cette proposition le flattait. M. Thuillier, en passant, lui appliqua une tape légère sur la nuque :

— Si vous ne m'aviez pas dit ce que vous m'avez

dit, je n'aurais pas eu l'idée de vous lire ce que je vais vous lire.

— Pourquoi?

— Parce que j'aurais craint de m'adresser à un être endormi dans les habitudes, enfoui dans la pâte amorphe du quotidien. Vous n'étiez pas autre chose quand je vous ai connu. Un gosse banal et sage. Un peu mieux doué que les copains. Prix d'excellence, prix de philosophie, prix de ceci, prix de cela. Qu'est-ce que cela signifie? Zéro. Le choc que vous avez subi vous a mis les nerfs et l'esprit à vif. Écorché, dénudé, vous êtes enfin capable de comprendre...

Étienne sourit faiblement :

— Je vous intéresse parce que je suis malheureux...

— Connaissez-vous un seul être heureux qui vaille la peine d'être fréquenté? demanda M. Thuillier.

Étienne frémit de plaisir. La sollicitude robuste dont il était l'objet de la part de son professeur lui paraissait un signe de victoire. Il était pris en considération par un homme remarquable. Il pénétrait à sa suite dans la confrérie des maîtres de la pensée. Il accédait au privilège de souffrir exceptionnellement. M. Thuillier brandit dans ses deux mains un paquet de feuilles manuscrites et commença sa lecture :

— « La seule certitude valable est celle de la mort. C'est vers une promesse de néant que chacun de nous s'achemine. Mais, dès qu'il prend conscience du danger que représente cette marche têtue à la rencontre du vide, l'homme se cabre et se révolte. Dans un univers soudain privé d'illusions, il se sent un étranger. Ce divorce entre l'homme et la vie humaine, entre l'acteur et l'intrigue, donne naissance au concept de l'absurdité... »

M. Thuillier déclamait son texte avec une autorité agressive. Les mots claquaient, tout juteux, sur sa langue. De temps en temps, il levait les yeux, et Étienne se sentait enveloppé par un regard attentif :

— Je ne lis pas trop vite?

— Non, non, continuez. C'est passionnant.

Étienne était sincère en disant cela. Il lui semblait que ces pages avaient été écrites à son intention. Son désarroi personnel y était défini, expliqué, exalté avec intelligence.

— « La croyance dans l'absurdité de l'existence commandera désormais notre conduite. Nous ne tricherons pas avec le néant en essayant de lui donner le visage de Père Éternel, entouré d'anges en carton-pâte. Nous l'accepterons tel quel, c'est-à-dire comme la négation de tout ce qui est nous. La notion de cette absence renforcera en nous la pensée de notre présence. Si nous devons être quelque chose, c'est sur terre que nous le serons : préfet ou mendiant, professeur de philosophie ou assassin... Toutes les expériences se valent... »

— Vous avez vraiment écrit cela? demanda Étienne d'une voix étranglée.

— Mais oui, dit M. Thuillier.

Il sourit modérément et poursuivit sa lecture.

Quand il eut fini, Étienne le contempla en silence, avec une gratitude mêlée de respect.

— Eh bien? demanda M. Thuillier. Qu'en pensez-vous?

— Magnifique! s'écria Étienne. C'est tout à fait ce que je ressens. On jurerait que ce chapitre vous a été inspiré par notre conversation.

— Je suis heureux de constater que nous sommes d'accord, dit M. Thuillier. Voulez-vous une cigarette?

Étienne prit une cigarette dans l'étui que M. Thuillier lui tendait par-dessus la table. Une flamme jaillit hors du briquet.

— Allez-y, Martin.

« Il me donne du feu, songea Étienne. Nous sommes deux amis, deux frères. » Une ivresse légère l'envahit. Il tira sur sa cigarette. Un peu de fumée passa devant ses yeux. M. Thuillier regarda sa montre.

— Il doit être bien tard, dit Étienne. Et je vous retiens, je vous empêche de dîner...

— Je n'ai pas d'heure pour dîner, dit M. Thuillier. Le soir, je mange un morceau dans un petit bar, à côté d'ici. Si vous voulez vous joindre à moi...

— Malheureusement, ma mère m'attend, dit Étienne.

— Eh bien, tant pis. Ce sera pour une autre fois...

Dépité, Étienne considérait fixement la pointe de ses chaussures. Enfin, il murmura :

— Je pourrais peut-être lui téléphoner, lui dire que je sors avec vous...

— Mais oui, dit M. Thuillier. C'est une excellente idée.

Ils descendirent, côte à côte, l'escalier de l'immeuble, dont les marches étaient tapissées d'un linoléum imitant les veines capricieuses du marbre. Étienne s'arrêta dans la loge de la concierge pour téléphoner à sa mère. Elle venait de rentrer à la maison.

— Enfin, mon chéri! s'écria-t-elle. J'étais inquiète. Je me demandais où tu étais passé...

Il éprouva un petit choc au cœur à entendre cette voix familière, chantante. Auprès de M. Thuillier, il avait fini par oublier une fraction de son existence, qui était dédiée à Marion. Se pouvait-il qu'elle eût continué à vivre, quelque part dans Paris, insouciante, ignorante, tandis qu'il songeait au suicide et se confessait, toute honte bue, à son professeur?

— Allô, Étienne!... Quoi?... Tu as changé d'avis?... Tu es sorti?... As-tu dîné au moins?...

Cette question futile l'amusa : « Voici un parfait exemple de l'absurdité surgissant dans le mécanisme de la vie courante. »

— Non, maman, dit-il. Mais je vais dîner. Avec M. Thuillier. Je l'ai rencontré par hasard. Ne m'attends pas...

— Entendu, mon chéri... M. Thuillier, c'est bien ton professeur de philosophie?... Ne rentre pas trop tard... Je ne m'endormirai pas avant de te savoir à la maison... Je t'embrasse... Fort, fort...

Il raccrocha l'appareil, pressé de tourner le dos à

un personnage qu'il refusait d'être, et dont sa mère, par ses propos, perpétuait le souvenir.

Ils pénétrèrent dans une sorte de « bar-presto », au plafond bas et aux glaces jaunes. Une dizaine de consommateurs étaient assis sur des tabourets, devant le comptoir. D'autres mangeaient dans la salle, agglutinés, coude à coude, autour de petites tables rondes à napperons de raphia. Un ventilateur, aux larges ailes funèbres d'oiseau de proie, tournait lentement au-dessus du troupeau livré à sa surveillance. On entendait chuinter le percolateur et tinter les cuillères, jetées en vrac dans un bassin de métal. Étienne et M. Thuillier s'installèrent devant le comptoir, sur des sièges en forme de champignons.

— Ici, ça coûte moins cher que dans la salle, dit M. Thuillier. Et la nourriture est aussi bonne.

Devant eux, sur le mur beige, étaient collées des photographies d'acteurs, d'écrivains et d'hommes politiques. Mais chaque portrait était surmonté par une image représentant un animal — chèvre, chien, cheval, chameau, girafe —, qui avait quelque ressemblance avec le personnage auquel on l'avait accouplé. Cette idée décorative parut à Étienne d'une nouveauté et d'une insolence charmantes. M. Thuillier claqua des doigts, et le garçon accourut, avec un regard rose et de la sueur dans les plis de son sourire :

— Bonjour, monsieur Thuillier. Vous voulez voir la carte ?...

— Attendez ! dit M. Thuillier, en pointant son index vers l'assiette d'un client, assis à l'autre bout du comptoir. Qu'est-ce que c'est que ce truc jaunâtre, là-bas?

— De la ratatouille niçoise! dit le garçon.

— Ça vous chante? demanda M. Thuillier en se tournant vers Étienne.

— Oh! oui, monsieur, dit Étienne. Ce sera très bien.

Il était émerveillé de voir que M. Thuillier passait si aisément du plan de la philosophie à celui de l'alimentation.

— Eh bien, dit M. Thuillier, va pour la ratatouille. Et, avec ça, je prendrai de la fine à l'eau. Que buvez-vous, Martin?

— La même chose, monsieur.

Le garçon apporta deux verres de fine, deux assiettes de ratatouille et un siphon. Ils commencèrent à manger. M. Thuillier piquait de grosses bouchées filandreuses sur sa fourchette et les mâchait voracement. On voyait bouger les os de sa joue.

— C'est vraiment un endroit très agréable, dit Étienne. Vous y venez souvent?

— Tous les soirs, dit M. Thuillier, en s'essuyant la bouche avec une serviette en papier. D'ailleurs, la plupart des clients sont des habitués. Je les connais comme si je les avais modelés moi-même dans de la mie de pain.

— Ce doit être amusant.

— C'est terrible, dit M. Thuillier.

Il fit gicler de l'eau de Seltz dans les deux verres.

— Terrible? demanda Étienne. Pourquoi?

— Parce que, pris au hasard et réunis dans ce lieu,

ils représentent un parfait échantillonnage de déchéances médiocres, de laideurs secrètes et de navrante nullité. Le grand type au crâne laqué, qui est assis près de la porte, est syphilitique au dernier degré. Sa voisine, la grosse pouffiasse, sort de prison. Détournement de mineurs ou trafic de stupéfiants, je ne sais plus. Le jeune homme, qui pompe son gin-fizz, fait le débardeur pour payer ses études. Le monsieur à moustache frisée vit avec une femme paralytique, qu'il promène en petite voiture, de 2 heures de l'après-midi à 7 heures du soir. Cette élégante, aux cheveux blond platine, a un mari ivrogne, qui la bat comme une escalope. Ici, un chèque sans provision. Là, un ulcère à l'estomac. Là encore, des poches trouées et un sexe impuissant... Ah! elle n'est pas belle, l'humanité. Elle n'est pas heureuse. Elle ne sent pas bon. Et, cependant, toute une clique de prêtres, de poètes, de zigotos inspirés voudrait nous faire croire à l'existence d'un Dieu bienveillant. Ils parlent des vertus de l'âme, de la concorde, de l'espérance, de l'harmonie préétablie. Quelle foutaise!

Il vida son verre d'un trait et clappa de la langue.

— Quand vous comparez votre angoisse à celle des autres, vous devez vous sentir en état de supériorité, reprit-il. Eux, ont des misères de larbins. Vous avez un désarroi de seigneur. Sachez apprécier cette chance. Ne traînez pas votre tourment comme un boulet de fonte attaché à vos pieds. Portez-le dans vos bras, serré contre votre cœur, tel un objet précieux. Qu'il soit sur votre table de nuit quand vous vous couchez, à côté de votre assiette quand vous mangez, près de votre main droite quand vous voulez écrire. Chacun de nous a sa souffrance. La vôtre est enviable, Martin.

— Et vous, monsieur, demanda Étienne, de quoi souffrez-vous?

— Je souffre d'insomnie, dit M. Thuillier.

Étienne détourna les yeux. M. Thuillier repoussa son assiette. Un sourire de mépris écarta ses lèvres charnues et roses :

— Que prenez-vous, à présent? Un plat de nouilles, une omelette, ou simplement un dessert? Moi, j'ai assez mangé.

— Moi aussi, dit Étienne.

— Donc, nous optons pour le dessert. Une glace au citron? Oui? Deux glaces au citron, garçon...

Une jeune femme, très maquillée, traversa la salle en se dandinant.

— Elle a dit à son compagnon qu'elle allait téléphoner, chuchota M. Thuillier. Or, elle va aux cabinets. Cela se voit. Regardez comme elle serre les cuisses. Rien ne m'amuse davantage que de dénoncer les roueries de mes semblables. Appeler les choses par leur nom. Ne jamais oublier que la plus belle fille du monde porte huit mètres d'intestins dans son petit ventre adorable.

Il soupira :

— Pas de concessions, Martin. Vivez les yeux ouverts, c'est le secret des grandes destinées.

La jeune femme disparut derrière le battant d'une porte en verre dépoli. Étienne éprouva un sentiment désagréable de répulsion et de tristesse. Il lui sembla qu'un voile était tombé, qui, jadis, le séparait du monde. A présent, il voyait les choses et les gens sous le jour cru de la vérité. « Pauvre race. Ils ne savent même pas qui est Kant. Ils n'ont jamais entendu parler de Kierkegaard et de Jaspers. Ils ignorent tout de l'absurdité que représente leur séjour limité et incohérent sur ce lopin de terre. Ils dorment. Moi, je veille. Moi, moi, avec *mon désarroi de seigneur*. » Machinalement, il planta sa cuillère dans la glace au citron que le garçon venait de déposer devant lui. Un parfum aigrelet fondit sur sa langue. C'était bon. « Mon père est un assassin. J'ai failli me tuer. Et je mange de la glace au citron. Vraiment, la vie est absurde. » Un bruit de chasse d'eau le fit sursauter. La porte vitrée se rouvrit. La jeune femme rentra dans la salle, un sourire innocent aux lèvres. M. Thuillier cligna de l'œil :

— Que vous avais-je dit?

« Il a raison, pensa Étienne. Comme toujours. Quel homme! »

— Ça va? demanda M. Thuillier.

— Mais oui, dit Étienne.

Une sueur froide coulait sur ses tempes. M. Thuillier paya l'addition. Étienne voulut rembourser sa part.

— Non, non, dit M. Thuillier. Ce soir, vous êtes mon invité.

Ils sortirent ensemble. Une nuit bleue et tiède les enveloppa. Dans les arbres du boulevard Saint-Germain, la lueur des réverbères ébouriffait des jupons de feuillage vert vif. De grosses enseignes au néon brillaient, çà et là, au front des maisons endormies. Les passants coulaient par groupes sur le trottoir.

— Vous ne pensez plus au suicide? demanda M. Thuillier.

— Non, dit Étienne.

M. Thuillier éclata de rire :

— J'en étais sûr! Vous êtes au-dessus de ça. Il faut mordre dans la vie, à pleines dents.

Étienne songea à la ratatouille, à la fille qui sortait des cabinets, aux photographies d'animaux collées sur le mur beige. Un remous de détritus l'entourait, le berçait, comme s'il eût nagé dans l'eau sale d'un port. Il eut hâte, soudain, de retrouver sa chambre.

— Il est temps que je m'en aille, dit-il. J'ai promis à ma mère de ne pas rentrer trop tard.

M. Thuillier lui serra la main avec force :

— Revenez me voir...

Étienne remercia son professeur et s'éloigna à grandes enjambées dans la nuit.

9

LE lendemain matin, ayant avalé une tasse de café au lait et donné ses instructions aux deux couturières, Marion se recoucha dans son lit. Elle était lasse et désirait se reposer un peu. Étienne lui rendit visite dans sa chambre :

— Tu n'as besoin de rien, maman?

— Mais non. D'ailleurs, je vais mieux, je travaille...

Des journaux de mode jonchaient, autour d'elle, la couverture de satin vert amande. Sur ses genoux, dressés en pupitre, était ouvert un carnet de croquis. Elle tenait un crayon à la main.

— Regarde, dit-elle. Je me suis inspirée de la collection que j'ai vue, jeudi dernier, avec Daisy. C'est gentil, n'est-ce pas?

Il tourna les pages. Sous ses yeux indifférents défilait un régiment de femmes étroites, vêtues de robes en fil de fer.

— Ça, c'est un petit manteau adorable, de forme vague, comme tu vois, en lainage pied-de-poule moutarde. Les manches sont montées... La robe, à côté, est en jersey de laine grise, plissée sur le devant. Sur les épaules, une cape de daim marron, avec doublure de laine rappelant le ton de la robe...

Tandis qu'elle parlait, il détourna la tête et jeta un rapide regard sur la table de nuit moderne, en sycomore, à dessus de glace. Le revolver était là, caché dans un tiroir. Étienne sourit. Le souvenir d'un contact froid et circulaire engourdit sa joue droite.

— Ici, une toilette du soir. Je la trouve extraordinaire. Tu ne peux pas t'en rendre compte comme ça. Imagine un fourreau en velours bleu canard, à reflets verts, qui s'évase en godets vers le bas. L'ampleur part des hanches...

Il se pencha sur sa mère et lui baisa le front, comme on caresse, distraitement, un enfant entouré de jouets.

— C'est très joli, Marion.

— Laquelle préfères-tu?

— Je ne sais pas.

— Tu m'étonnes : toi qui as toujours des idées si catégoriques sur la mode!...

— Eh bien, celle-ci, dit-il en posant son doigt, au hasard, sur un dessin.

— Comme moi! s'écria-t-elle. Je transformerai le modèle à ma façon et je suis sûre que Mme Ortoli sera enchantée. Elle m'a demandé un petit ensemble pratique pour le matin...

Elle bâilla, d'une bouche rose et menue, et

allongea ses bras devant elle. Une liseuse en laine blanche, tricotée, couvrait ses épaules. Son visage n'était pas maquillé.

— Je te laisse, dit Étienne.

— Où vas-tu?

— Dans ma chambre.

— Quoi faire?

— Lire, écrire un peu...

— Tu ne veux pas rester près de moi?

— Mais si, maman...

Il s'assit sur un pouf joufflu, baissa la tête et posa ses coudes sur ses genoux. Marion fronça les sourcils :

— Écoute, Étienne, je te trouve bizarre avec moi. Je suis ta mère mais aussi ton amie. Tu dois pouvoir me parler franchement.

Où voulait-elle en venir? Il craignit la reprise d'une discussion pénible.

— Je ne te cache rien, murmura-t-il.

— Qu'as-tu fait, hier soir?

— Je te l'ai déjà dit...

— Oui, oui... Mais tu ne m'empêcheras pas de juger étrange qu'un professeur invite son ancien élève dans un restaurant!

— Pourquoi?

— Parce que... parce que ce n'est pas dans les usages...

Il se mit à rire, soulagé d'une grande inquiétude :

— Tu ne connais pas M. Thuillier. C'est un type à part. Un original. Il n'a rien d'un pion!

— Et vous étiez seuls?... En tête à tête?

— Bien sûr!

— Je me demande de quoi vous avez pu parler!

— De philosophie!

— Oh! cette philosophie! dit-elle.

Elle leva les yeux au plafond.

— Tu n'aimes pas la philosophie? demanda Étienne.

— Comment l'aimerais-je? Il me semble qu'elle ne sert à rien. Si les médecins ou les ingénieurs, par exemple, n'avaient fait aucun progrès depuis des siècles, le monde ne serait pas ce qu'il est. Mais, si les philosophes n'avaient jamais existé, je continuerais à vivre comme je vis.

— C'est ce qui te trompe, dit-il avec ardeur. La philosophie est aussi utile à l'humanité que la science. Sans la philosophie, nous vivrions comme des chiens. Penser au lendemain, c'est déjà faire de la philosophie. Les sciences prouvent notre néant!

— Ne t'emballe pas, mon chéri.

— Réfléchis un peu, Marion, reprit-il en se dressant d'un bond. L'enseignement de l'astronomie, de la biologie, ne peut que nous inciter à une humilité totale, lamentable, stérile, devant la dimension des espaces sidéraux ou les lois de conservation de l'espèce. Placé entre l'infiniment grand et l'infiniment petit, renseigné sur la pauvre durée de son existence et l'inanité de ses travaux, l'homme devrait décider, avec clairvoyance, que tout effort est inutile et qu'il vaut mieux se croiser les bras. S'il surmonte cet état de prostration maladive, c'est que la philosophie lui permet de trouver, dans le fond même de son désespoir, la fierté de le comprendre et de l'accepter...

— Quel charabia! s'écria Marion. Tu me récites une leçon.

Il rougit. Ces paroles, en effet, n'étaient pas de lui, mais servaient d'introduction au cours de métaphysique de M. Thuillier.

— Qu'elles soient de moi ou d'un autre, peu importe, dit-il. Elles expriment ma conviction profonde. T'es-tu jamais demandé si la vie avait un sens et ce qu'il fallait faire pour employer au maximum tes possibilités personnelles d'affirmation?

Un coup de sonnette retentit dans l'entrée. Étienne eut un mouvement d'impatience, mais se ressaisit et continua en haussant le ton :

— Nous sommes ce que nous nous faisons. Tu te crées et je me crée à partir d'une pâte neutre. Nietzsche a dit : « Il apparaît clairement que la chose principale au ciel et sur la terre est d'obéir longtemps et dans une même direction... » Changer de direction, c'est se perdre. Toutes les routes de la vie sont à sens unique. On ne revient pas en arrière...

Un second coup de sonnette l'interrompit.

— Mme Marthe n'a pas entendu, dit Marion. Tu devrais aller voir...

Il tombait de haut.

— Va vite, mon chéri, reprit Marion.

Étienne refoula au-dedans de lui-même un bouillonnement de paroles pathétiques, fit un regard furieux et sortit de la pièce à grands pas. Dans l'antichambre, le bourdonnement de la machine à coudre emplit ses oreilles. Il ouvrit la porte d'entrée et s'immobilisa, étonné. Devant lui, se tenait un garçon d'une quinzaine d'années, qui serrait dans ses bras une gerbe de roses rouges, encapuchonnées dans du papier transparent.

— Mme Loiselet, demanda le garçon, c'est bien ici?

— Oui, dit Étienne.

Le garçon lui tendit le bouquet. Étienne fourragea dans sa poche et versa quelques pièces de monnaie dans la main du livreur.

— Merci, monsieur, dit le gamin.

La porte retomba avec un bruit sourd. Étienne frémit. Un mal étrange lui comprimait l'estomac. La voix de Marion cria :

— Qu'est-ce que c'est, Étienne?

Il traversa le vestibule et rentra dans la chambre, portant cérémonieusement devant lui le présent d'un autre. Assise dans son lit, Marion regardait venir cette composition de pétales ardents, de feuillages froissés et de papier fin. Une expression de gratitude enfantine lissait la peau de ses joues et donnait de l'éclat à ses yeux. Étienne déposa le bouquet sur la couverture.

— Elles sont superbes! dit Marion.

Déjà, avec des mains expertes, elle retirait les épingles, dépliait le paquet, livrait à la lumière une insolente profusion de couleurs verte et pourpre. Un parfum suave, vaguement savonneux, emplit la pièce.

— Superbes, superbes! répéta Marion. Quelle folie!...

D'un coup d'ongle, elle décacheta la petite enveloppe blanche qui accompagnait le bouquet. Une carte de visite tomba sur ses genoux. Elle la prit entre le pouce et l'index, l'approcha de ses yeux, la jeta sur la table de nuit, et un sourire mystérieux modifia son visage. Étienne sentit, avec une précision pénible, qu'un étranger venait d'entrer dans cette tête et que tout s'illuminait pour le recevoir. Quant à lui, détrôné, banni, il ne pouvait se résoudre à céder la place. Il demeurait là, avec ses arguments philosophiques inutiles, sa gravité périmée, son exigence hors de saison.

— Je les mettrai dans le grand vase bleu, murmura-t-elle.

— Oui, dit Étienne, ce sera très bien.

Marion repoussa les couvertures et se glissa hors du lit. On devinait son corps menu et potelé sous la chemise de nuit flottante. Les ongles des pieds étaient peints en rouge.

— Veux-tu que j'aille chercher le vase? demanda Étienne.

— Non, non, reste ici.

Elle sortit et referma la porte. Au bout d'un moment, il entendit un bruit de voix et comprit que Marion parlait au téléphone. Elle n'avait pas pu attendre une minute de plus pour remercier le donateur. Étienne prit la carte de visite sur la table de nuit et lut : *Maxime Joubert*. Au-dessous de ce nom, gravé en caractères gras, quelques mots étaient tracés, à l'encre violette, rapidement : *A ce soir, Marion*. Une contraction saisit les mâchoires d'Étienne. Dans cette chambre, jadis vouée à son pouvoir, les roses rouges, le papier transparent, la carte de visite s'associaient contre lui et détruisaient ses chances de succès. Comment Marion pouvait-elle se laisser prendre à un hommage de qualité si commune? Elle avait été la femme de Louis Martin. Elle était encore marquée, dans sa chair, dans son âme, par la révélation des crimes qu'il avait commis. Et, aujourd'hui, elle s'apprêtait à troquer cette dignité funèbre contre des avantages de quatre sous. « Elle est folle. Elle ne comprend pas ce qui lui a été donné au départ. Elle néglige, elle ignore, les délices de la solitude et de l'horreur. Elle veut refaire sa vie. On ne refait pas sa vie. On la fait. Si mon destin consiste à être de plus en plus consciemment le fils d'un assassin, le destin de Marion est de s'accomplir, dans tous ses actes, comme la femme du même personnage. Tout le reste n'est que simagrées, perte de temps et erreurs de conduite. » Il replaça la carte de visite sur la table de nuit. Derrière la porte, un murmure persistait, irritant et confus. Étienne tendit l'oreille : « Vous m'avez trop gâtée... Il ne fallait pas... Je vais les mettre dans un beau vase bleu... »

Il s'approcha de la fenêtre et aspira une large bouffée d'air pour lutter contre le malaise qui l'oppressait. « Lui a-t-elle seulement dit qu'elle était l'épouse divorcée d'un meurtrier? Sûrement pas. Elle en a honte. Mais elle n'a pas honte de ces fleurs, de ces invitations à dîner, de cette vie futile, idiote, dégradante. » Dans le vestibule, la voix de Marion s'était tue. Il pivota sur ses talons. Son regard embrassa le lit défait, les roses, un coin de chambre conçue pour le bonheur. Il souhaita qu'une explosion réduisît en éclats ce décor aimable. « Est-il encore possible de la secouer, de la soustraire à l'emprise du plaisir, de la ramener, tremblante, repentante, dans le sillage de Louis Martin ? » Elle rentra. Transfigurée. On eût dit qu'elle s'était maquillée entre-temps. Ses deux mains tenaient, comme un ostensoir, le vase bleu plein d'eau. Sans mot dire, elle le plaça sur la table de nuit, et, prenant les roses, une à une, les planta dans le récipient avec adresse. Puis, elle recula d'un pas pour juger de l'effet.

— Elles ont une couleur très particulière, très chaude, dit-elle enfin.

Étienne sentit que le moment était mal choisi pour renouer la conversation. D'un pas lourd, il s'avança vers la porte.

— Tu t'en vas ? demanda-t-elle en se recouchant.

Trop ému pour répondre, il acquiesça d'un mouvement de tête.

Elle prit une mine fautive et dit précipitamment :

— Tu vas me gronder, Étienne. Mais je suis obligée de sortir, ce soir. Tu dîneras seul.

— Non, dit-il.

— Pourquoi ?

— Moi aussi, je vais sortir.

— Avec des amis ?

Il réfléchit quelques secondes et répondit abruptement :

— Avec M. Thuillier.

— Encore !

— Oui, il m'a promis de me lire d'autres chapitres de son livre.

— Et cela t'amuse?

— Autant que toi de dîner en ville.

Elle ne releva pas l'insolence. Son regard était devenu rêveur. Une petite moue calculatrice plissait ses lèvres. A côté d'elle, le bouquet rouge, velouté, absorbait toute la lumière du soleil. Étienne était las et triste, avide d'être seul, et pourtant plein d'appréhension au bord de la longue journée qui s'étirait devant lui. Il quitta la chambre sans que Marion esquissât un geste pour le retenir.

*

Pour la troisième fois, Étienne appuya sur le bouton de sonnette. Un silence creux répondit à son appel. M. Thuillier était sorti. « Il m'avait pourtant dit que je le trouverais tous les jours à son domicile, en fin d'après-midi. Quelle heure est-il donc? » Avant de quitter la maison, Étienne avait fixé à son poignet la montre de Louis Martin. Il la regarda : sept heures. Le bracelet en cuir, étroit et usé, comprimait un peu ses veines sous la peau. L'ardillon était planté dans un trou élargi par l'usage. « J'ai le même tour de poignet que mon père, pensa Étienne. C'est drôle. » Il avait emporté également la photographie pour la montrer à M. Thuillier. « Attendre ici qu'il revienne? Jeter un coup d'œil dans le restaurant où nous avons dîné? Il faut que je le voie. A tout prix. » Son besoin de rencontrer M. Thuillier devenait lanci-

nant, comme une exigence physique. Nul autre que
cet homme n'était capable de le comprendre et de le
secourir. Pas à pas, il descendit l'escalier, en glissant
la main sur la rampe de bois poli. Les marbrures du
linoléum dansaient devant ses yeux, comme des
bavures d'écume sur la mer. « Et pendant ce temps-
là, il y en a qui se baignent, qui se vautrent sur le
sable, dans le soleil! On appelle ça : des vacances... »

A cent mètres de la maison, sur le même trottoir,
la porte du « bar-presto », ouverte à deux battants,
soufflait une odeur de cuisine. Bravement, Étienne
franchit le seuil et se fraya un chemin entre les tables.
Tout à coup, le cœur lui manqua. En face de lui, il
voyait M. Thuillier, assis en compagnie de deux
hommes et d'une femme, devant un guéridon chargé
de verres. Le teint du professeur était cramoisi, ses
lunettes brillaient. Il parlait avec une volubilité
extraordinaire. Ceux qui l'écoutaient étaient des gens
de son âge. L'un des messieurs avait même des
cheveux gris, l'autre était à demi chauve. Quant à la
femme, son visage sans grâce était avivé par une
couche épaisse de fard. Soudain, elle éclata de rire.
L'inconnu à la calvitie se renversa sur le dossier de son
fauteuil. M. Thuillier fit un sourire triomphant, but
une gorgée de liquide trouble dans le verre qu'il
tenait à la main, et continua son discours à voix
basse. Philosophie, politique, littérature? De sa
place, Étienne entendait mal les propos échangés à
quelques pas de lui. Mais il lisait sur la figure de son
professeur les signes d'une excitation intellectuelle
évidente. Selon toute vraisemblance, M. Thuillier

employait, pour séduire ces étrangers, les mêmes vertus de ferveur, d'éloquence, qui lui avaient servi, la veille, à convaincre son ancien élève. Comme dépouillé d'un mystérieux privilège, Étienne regardait s'éloigner de lui ce personnage bavard, qui, peu à peu, entrait dans le mouvement du monde. Des bribes de phrases flottaient à la surface de la conversation générale :

— Il faudrait écrire un petit article vache qui lui casse les pattes... Oswald ne mérite pas autre chose... Je me fous de l'existentialisme chrétien... Si les Éditions du Bœuf veulent commanditer la revue...

Étienne songea que les amis de M. Thuillier étaient peut-être des gens importants : des journalistes, des éditeurs. Nul doute qu'en leur compagnie M. Thuillier n'eût oublié le jeune homme, qui était venu le relancer, hier soir, avec ses histoires de suicide manqué. « Je ne compte plus pour lui. Il pense à autre chose. Il boit, il mange, il cause. Il est parmi des types qui ont quarante, quarante-cinq ans. Quoi que je fasse, je ne serai qu'un gamin à ses yeux. C'est avec les autres, avec les vieux, qu'il se sent à l'aise. Il n'y a qu'à le regarder... » Le garçon de café, en passant, bouscula Étienne :

— Vous avez de la place au bar, monsieur.

— Merci, dit Étienne. Je cherche quelqu'un.

Le sang brûlait son visage. Il demeurait debout, entre deux tables, comme un piquet. Incapable de faire un pas. Révolté, malheureux. « Je pars. Non, je reste. Il me verra. Il m'appellera... A quoi bon, maintenant ? »

Le garçon de café reparut, tenant un plateau en équilibre au-dessus de son crâne. Étienne fit un mouvement de recul pour dégager le chemin. Et, subitement, M. Thuillier, levant la tête, l'aperçut. Ce fut un éclair. Étienne sourit. M. Thuillier agita en l'air une main molle et grise :

— Salut, Martin.

— Bonjour, monsieur, dit Étienne.

Déjà, M. Thuillier avait détourné les yeux. La femme au visage fardé lui parlait à l'oreille. Il fit une mine scandalisée et pouffa de rire :

— Non? Sans blague? Oswald vous a dit ça?

Le brouhaha de la salle devint assourdissant. Étienne se dirigea vers la porte. Il sifflotait, du bout des lèvres, pour se donner une contenance.

La rue était bruyante et opaque, dominée par un crépuscule faux, couleur de violette. Étienne marchait sur le bord du trottoir. Une voiture suivait l'autre. Des profils de gens assis défilaient inlassablement. Tous des « vieux ». C'étaient les vieux qui faisaient le monde. La réussite des vieux était inadmissible. Leur logique donnait le frisson. Si Louis Martin avait abattu trois collaborateurs, il eût été considéré aujourd'hui comme un héros de la Libération. De même, si les Allemands avaient gagné la guerre et que les victimes de Louis Martin eussent été des chefs de la Résistance, on l'aurait décoré, dans la cour des Invalides, pour services rendus à la Patrie. Mais Louis Martin n'avait reçu de personne l'ordre, prononcé en anglais, en français, en allemand, de sacrifier un homme sans défense. Et, du coup, il n'y avait plus d'excuse à son entêtement criminel. Les partisans des Alliés et les partisans des Allemands se réconciliaient pour cracher sur son cadavre. Quand il pensait au temps de l'occupation, de l'épuration, Étienne voyait dans son esprit une confusion de noms, tour à tour adulés et honnis. Du jour au lendemain, de hauts personnages étaient jugés comme des salauds exemplaires. Les situations les mieux établies s'effondraient dans une marmelade de boue et de sang. Les prisons changeaient de locataires, les journaux de titre, les drapeaux de couleur et l'argent de mains. A cette époque-là, au lycée, dans la rue, les camarades d'Étienne, âgés comme lui de douze ans, jouaient aux miliciens et aux patriotes. Règles ou plumiers, calés dans la saignée du bras, figuraient des mitraillettes pétaradantes. Des parachutistes en culottes courtes refusaient de livrer leur secret à quatre cancres-tortionnaires, armés de compas et de fils à plomb. Un tribunal de potaches, réuni derrière un kiosque à journaux, condamnait le traître, aux poches gonflées de billes. On fusillait, on dénonçait, on résistait, on se battait pour rire. Et, cependant, à l'étage au-dessus, « les grands » vivaient avec gravité dans la même incohérence de gestes et de sentiments. Ils jouaient, comme leurs fils, comme leurs filles, mais leurs décisions se traduisaient par une vraie balle dans une vraie peau. Étienne détestait « les grands ». Il leur reprochait leur vanité, leur bêtise redondante, leur fausse expérience et leur cruauté. C'étaient « les grands » qui avaient inventé le Travail et la Récom-

pense, l'Argent et le Mariage, la Légion d'honneur et
la Guillotine. « Est-il possible qu'un jour je devienne
comme eux, imbu de préjugés et invulnérable à la
critique? Est-il possible que M. Thuillier soit du côté
des « grands »? S'il en est ainsi, je ne le reverrai de
ma vie! D'ailleurs, il ne tient pas à me rencontrer. Je
l'ai bien compris, tout à l'heure. Il m'a donné
quelques conseils passe-partout. Et, à présent, je ne
l'intéresse plus. « Débrouillez-vous avec ce que je
vous ai dit. Cherchez la solution en vous-même. » Je
suis seul, seul... » Il répétait ce mot, en marchant,
selon le rythme sourd d'une grosse caisse :

— Seul, seul, seul...

« Personne à la maison. Personne dans la ville.
Que faire? Où manger? Comment tuer le temps
jusqu'à l'heure vertigineuse du sommeil? » Dressant
le menton, Étienne et ses pensées défilèrent au pas de
parade devant l'église Saint-Germain-des-Prés. Le
clocher massif, couleur de lune poreuse, dominait
l'agitation monotone de la place. Au signal de
l'agent, les autos s'immobilisèrent, crispées d'impatience, pour permettre aux piétons de traverser la
chaussée. Étienne suivit le flot, prit pied sur le
trottoir opposé et continua sa promenade. Puis,
brusquement, il s'arrêta. Et toutes ses pensées s'arrê-
tèrent derrière lui, dans une rumeur confuse de
heurts et de piétinements.

— Martin! Martin!

Quelqu'un criait son nom. Le nom de son père. Il se
retourna d'un bloc, pour relever le défi. Une main
tendue, un sourire. C'était un camarade de classe :

Maroussel, décoiffé, hâlé, costaud, le col de la chemise ouvert sur une poitrine de pirate :

— Qu'est-ce que tu fous là, Martin?

— Je me promenais.

— Viens boire un verre. Je suis au *Flore* avec mon frère, Palaiseau, des copains...

— Ah! oui? dit Étienne. Je ne savais pas que tu étais déjà rentré de vacances...

Rien ne le préparait à cette rencontre avec un représentant de la médiocrité générale. Comme s'il eût été interpellé dans une langue qui n'était pas la sienne, Étienne cherchait ses mots avant de répondre et tentait, par politesse, de se mettre au niveau de cet étranger obtus.

— Alors? Tu t'amènes? reprit Maroussel.

Étienne voulut refuser, mais l'idée de son désœuvrement lui parut atroce. La compagnie de quelques garçons hilares n'était-elle pas préférable au supplice silencieux de la solitude? Au coin de la rue, dans une petite cage en verre, une machine automatique fabriquait du *pop-corn*. Les grains de maïs éclaté bombardaient la vitre. Étienne aspira un parfum sucré.

— D'accord, dit-il, mais je ne resterai pas longtemps.

Maroussel le prit par le bras et l'entraîna vers la terrasse du café. Les consommateurs formaient un rectangle de chair compacte. On eût dit qu'ils avaient été préalablement parqués dans un wagon à bestiaux et que, la caisse retirée, ils continuaient, par habitude, à se serrer les uns contre les autres dans un

espace restreint. Étienne et son camarade se glis-
sèrent entre les guéridons de marbre jusqu'au groupe
bruyant qui leur faisait signe d'approcher. Le frère
aîné de Maroussel, étudiant en médecine, portait un
mince collier de barbe noire sur ses joues roses et
lisses comme le satin. Des lunettes à monture
d'écaille et une pipe en forme de point d'interrogation ajoutaient de la virilité à son visage. A côté de
lui, Palaiseau mâchouillait une paille avec l'expression béate d'un ruminant. Biosque et Kellermann,
des anciens de philo, encadraient de près deux jeunes
filles inconnues, assises à la même table. L'une était
blonde, décolorée, avec une figure engourdie de
sommeil, l'autre brune, potelée, d'aspect sale et
résolu, riait sottement en montrant sa langue.

— Paulette Mauricet et Yolande Strass, dit
Maroussel.

Étienne salua gauchement. On lui fit de la place.
Maroussel attira une chaise :

— Qu'est-ce que tu prends, mon vieux? demanda
Palaiseau.

— Une fine à l'eau, dit Étienne.

Il n'était jamais venu au *Café de Flore*. Son regard
amusé courait sur l'étendue d'une humanité excen-
trique et oisive. En ce lieu de rencontres intellectuelles,
il lui semblait que chaque individu se montrait
soucieux d'être la caricature de lui-même. Au hasard
de sa prospection, il remarqua, tour à tour, une fille
extatique, à la face dure, couleur de silex, un garçon
au crâne tondu et au torse enfermé dans une chemise
de cow-boy à carreaux, un prophète de banlieue, à la

blonde barbe fluviale, une négresse lippue, un petit Chinois secoué de tics. Tous buvaient, parlaient haut, s'interpellaient d'une table à l'autre. Des gens entraient, sortaient. Le grondement des voitures et le tintement des soucoupes augmentaient encore l'impression de désordre et d'absurdité qui se dégageait de ce spectacle en plein air.

— Tu sais, dit Palaiseau, je vais bazarder mon clou pour m'acheter un vélo Solex.

— Moi, dit Maroussel, mon frangin m'a promis de me refiler sa moto.

— Pas sûr, dit le frère aîné. J'en ai encore besoin. La Citron de papa bouffe trop d'essence.

— Dans trois semaines, la rentrée! gémit Kellermann. Vous vous en foutez, mesdemoiselles?

Il se pencha vers Étienne et expliqua avec autorité :

— Yolande est dactylo dans une agence d'information. Paulette cherche du travail. Si tu vois quelque chose pour elle...

— Alors, c'est décidé, Maroussel, demanda Biosque, tu t'inscris aux Hautes Études commerciales?

— Oui, répondit Maroussel. Et toi, qu'est-ce que tu vises?

— Licence d'anglais. Après, on verra.

— Tu as raison, dit Kellermann. Les langues, mon vieux, les langues, il n'y a que ça de vrai!

Les deux jeunes filles pouffèrent de rire. Kellermann rougit. Maroussel aîné s'étrangla avec la fumée de sa pipe :

— Bravo, Kellermann! Et Martin qu'est-ce qu'il compte faire?

— Mon droit, dit Étienne.

— Ça ne donne pas beaucoup de débouchés, dit Biosque. Administration ou barreau?

— Minute, sa licence peut l'aider à entrer dans une banque, déclara Palaiseau, en crachant dans sa main la paille qu'il mastiquait depuis dix minutes.

— La seule façon profitable d'entrer dans une banque, répliqua Maroussel, c'est la nuit, par effraction.

De nouveau, les deux jeunes filles éclatèrent de rire.

— Je ne tiens pas à commencer ma carrière dans la banque, dit Étienne. Je veux être avocat.

— Avocat d'affaires? demanda le frère de Maroussel.

— Avocat d'assises, dit Étienne.

Yolande, la brune, fit un regard étonné :

— Vous plaiderez pour défendre des criminels?

— Oui, dit Étienne.

Il avait chaud. Son cœur battait dans sa gorge.

— Ce doit être passionnant! reprit la jeune fille. On vit des drames. On pénètre dans des esprits tortueux...

— Je me demande, dit le frère de Maroussel, s'il n'est pas déprimant, à la longue, pour un avocat, de consacrer son temps et son énergie à la défense d'individus tarés.

Un flot de rancune monta aux lèvres d'Étienne :

— Est-il déprimant, pour un médecin — puisque vous voulez être médecin — de se pencher, durant toute sa vie, sur des organismes pourris?

— Pardon, mon cher, n'allez pas comparer...

— Tout homme mérite d'être préservé de la mort, s'écria Étienne, que cette mort soit représentée par le développement d'une maladie ou par l'application d'une loi!

— Donc, à votre avis, l'avocat, qui, grâce à son talent, sauve la tête d'un assassin, est aussi nécessaire à l'organisation de la société que le médecin, qui obtient la guérison d'un honnête homme?

— Parfaitement. D'ailleurs, si on vous appelait au chevet d'un assassin, refuseriez-vous de le soigner?

— Non, dit Maroussel aîné, en se renfrognant. Je ne refuserais pas.

— Eh bien, conclut Étienne, nous voici d'accord. En face d'un être qui souffre, quels que soient les crimes dont on l'accuse, l'avocat et le médecin se rejoignent dans un même devoir d'humanité.

Il se tut, étonné par sa propre éloquence. Toute sa figure flambait, comme sous le feu d'un projecteur.

— Il n'y a pas à dire, soupira Palaiseau, le gars Martin cause comme un livre...

Maroussel aîné fit un sourire en coin. Visiblement, il était vexé de n'avoir pas eu le dernier mot dans la discussion.

— Paradoxe charmant, dit-il, mais paradoxe.

Puis, pour détourner la conversation, il parla de la politique internationale. Il avait des lumières précises sur l'expansion du communisme en Extrême-Orient. Biosque s'écria :

— Nous sommes nés à une sale époque! Une

chose me paraît certaine. Les hommes d'État sont les
ennemis de la jeunesse.

— Vouloir la grandeur d'un pays, c'est admettre
la nécessité des massacres collectifs, renchérit Kellermann. Or, aucune idée ne vaut la peine qu'on se
sacrifie pour elle.

Maroussel jeune n'était pas de cet avis. Il trouvait
que la guerre avait du bon. Un de ses oncles avait
fait des prodiges dans la Résistance :

— Ce gars-là, permets-moi de te le dire, je le
considère comme un héros. La France, pour lui, c'est
tout. Quand il parle d'honneur, on sent que tout
vibre dans son ventre. Un jour, il a été chopé par
deux Fritz, dans le bois de Vincennes. Il les a
descendus tous les deux. A coups de matraque...

— Et maintenant, demanda Étienne, que fait-il?

— Il fabrique des frigidaires.

— Et il a été décoré?

— Bien sûr.

— Pour avoir tué?

— Pour avoir fait son devoir.

— Le devoir est une notion relative, dit Étienne. Il
est dicté par des hommes à d'autres hommes. Il
change selon les circonstances et les gouvernements.

— Tu prêches l'anarchie!

— Il a raison, dit Biosque. Qu'on nous foute la
paix. Qu'on nous laisse vivre comme nous voulons.
N'est-ce pas, mignonne?

Il se pencha vers Paulette et l'embrassa furtivement
dans le cou.

— Ces demoiselles trouvent que nous sommes

suprêmement emmerdants, dit Maroussel aîné. Et, entre nous, elles n'ont pas tort. Qu'est-ce qu'on fait ?

— Allons dîner au restaurant chinois, proposa Biosque.

— C'est pas marrant, dit Kellermann. Si on se contentait d'un sandwich, on pourrait finir la soirée au *Fisto*.

— Oh ! oui, s'écria Yolande, en battant des mains.

— Je suis sans un, dit Palaiseau.

— On s'arrangera. Cartes sur table. Comptez votre fric.

Ils mirent leur argent en commun et Maroussel aîné promit d'assumer la plus grosse part de la dépense.

— Au besoin, je signerai un chèque, annonça-t-il.

Paulette lui lança un regard de stupéfaction radieuse :

— Vous avez un compte en banque ?

— Il faut bien ! dit-il d'un air excédé.

Il était dix heures du soir, quand toute la bande, se bousculant et riant, dévala le raide escalier de pierre, qui menait au sous-sol du *Fisto*. Bien qu'il eût souvent entendu parler de l'endroit, Étienne fut surpris par le spectacle de cette cave basse, bondée et odorante. Sur une estrade, les jeunes gens de l'orchestre, en manches de chemise, soufflaient, à s'en crever les joues, dans des instruments de métal étincelant. Une lumière maladive tombait de quelques plafonniers en papier huilé. Les murs étaient décorés d'empreintes de pieds, de mains et de lèvres, rouges et noires. On eût dit qu'une tempête avait arraché ces attributs à la clientèle et les avait écrasés, au petit bonheur, contre les cloisons. Un serveur s'avança vers le groupe des nouveaux venus. Il souriait comme un sourd. Il dit :

— Une table?

— Oui, cria Maroussel aîné. Et bien placée.

Quand ils se furent installés autour de deux guéridons, à proximité de la piste, la gérante de l'établissement vint prendre la commande.

— Du whisky pour toute la compagnie, ordonna Maroussel aîné. Et vous nous ferez un prix de gros. On vient de la part de Gaston.

— Qui est Gaston? demanda Yolande, quand la gérante se fut éloignée.

— Personne. J'ai dit Gaston, comme j'aurais dit Albert. Mais ça prend à tous les coups.

Il clappa de la langue et ralluma sa pipe qui tirait mal. Étienne, étouffé par un couvercle de chaleur et de bruit, cherchait sa respiration, clignait nerveusement des paupières. Devant lui, dans un bain de vapeur, une quarantaine de personnes se trémoussaient aux sons d'une trompette hystérique. Saisis de folie, des garçons luisants de sueur malmenaient des filles échevelées, au regard décentré et aux seins ballants. D'une brusque détente, un nègre ataxique projetait loin de lui sa compagne impondérable, la rattrapait, la divisait, la changeait en drapeau, en tourbillon, en fumée, et lui rendait tout à coup son aspect humain de petite étudiante fatiguée par la bringue. A côté, un chérubin grassouillet, la chemise

sortie de la ceinture, exécutait des entrechats fulgu-
rants devant sa partenaire à l'œil de génisse. Deux
femmes dansaient ensemble, et un rire coulait de
leurs bouches ouvertes, comme se vident des bou-
teilles d'eau. Parfois, quelques damnés du rythme
s'arrêtaient d'un commun accord, et faisaient cercle
autour d'un couple désossé et sérieux, qui inventait
des pas difficiles.

— A votre santé! dit Maroussel aîné.

Étienne porta le verre de whisky à ses lèvres.
Kellermann et Biosque se levèrent :

— Au boulot, mesdemoiselles...

Les deux jeunes filles suivirent docilement leurs
cavaliers et s'enfoncèrent avec eux dans la cohue
trépidante des danseurs.

— Tu sais danser, Martin? demanda Palaiseau.

— Non. Enfin, vaguement. Et pas ces trucs-là.

— J'étais comme toi, Yolande m'a appris. Elle est
formidable, cette fille-là. Le feu au derrière...

« Qu'est-ce que je fais ici? pensa Étienne. Comment mon drame intérieur peut-il s'accommoder de
cette ambiance de foire? » Il regarda sa montre. Les
objets étaient partout chez eux. Étienne envia la
matière inerte. Il se voulut portatif et indifférent, une
chose qui ne sent rien et qui n'est nulle part déplacée.

Les secondes passaient, et il ne pouvait détourner
son attention de la montre. Ce bracelet banal était le
seul lien qui le rattachât à son père. On eût dit la
pince d'une menotte. L'autre pince emprisonnait le
poignet de Louis Martin. L'assassin et son fils,
enchaînés, assis côte à côte.

Maroussel aîné commanda une deuxième tournée de whisky. Le sol vibrait, comme aux abords d'une turbine. Biosque et Kellermann, essoufflés, liquéfiés, ramenèrent leurs cavalières à la table.

— Le type du saxo est de première bourre, dit Biosque.

Yolande plaquait de la poudre, avec une houppette, sur son visage moite.

— Yolande, dit Palaiseau, il faudra t'occuper de Martin.

Étienne tressaillit :

— Mais non... pourquoi?...

— Il ne sait pas danser, reprit Palaiseau.

— Et il veut que je lui apprenne? demanda Yolande.

Il y avait une pointe d'ironie dans sa voix. Étienne murmura :

— Ce n'est pas la peine, mademoiselle, je vous assure...

La jeune fille fronça les sourcils. Sa bouche devint petite. Une fraise de sang :

— Et si cela me fait plaisir de vous apprendre?...

— Ah! elle t'a cloué le bec! s'écria Palaiseau.

— Laissez-moi souffler, d'abord, dit-elle. Ce qu'on peut être serré dans cette boîte!

Ayant peu mangé et beaucoup bu, Étienne souffrait de la tête. Il eut envie de pêcher le mince glaçon qui nageait dans son verre et de s'en frotter les tempes. Mais il n'osait pas. Maroussel aîné avait passé son bras autour de la taille de Paulette et lui palpait le bout des seins, commodément. Elle se laissait faire, les paupières basses, la bouche sérieuse, comme attentive à un phénomène intérieur très important. Maroussel jeune, abruti par la musique et la chaleur, somnolait, effondré sur sa chaise, le menton pendant, les oreilles rouges. Palaiseau donna un coup de pied dans le mollet d'Étienne.

— Profite de ton avantage, dit-il à mi-voix. Tu es seul dans la course, maintenant. Les autres en ont marre.

Un vertige monta du ventre d'Étienne jusqu'à son front, qui se couvrit d'une rosée abondante.

— Fous-moi la paix, grommela-t-il.

— Ce que tu peux être cloche! dit Palaiseau.

Étienne se demanda, avec volupté, avec terreur, ce qui se passerait dans cette salle, s'il grimpait sur une table et criait, face aux danseurs, face à l'orchestre, qu'il était le fils d'un assassin. Il imagina la bousculade, puis le silence indigné, que provoquerait son aveu. Des gueules anonymes, déformées par la peur et la haine, le cernaient. Une clameur s'élevait enfin de toutes ces poitrines intègres : « A la porte! A la porte! » Il serra les poings : « C'est clair. Je n'ai le droit de demeurer ici qu'à condition de cacher mon identité véritable. Ces étrangers m'acceptent parmi eux, parce qu'ils ignorent mes origines. La courtoisie des serveurs, l'indifférence du public, la sollicitude de mes amis à mon égard, tout cela est fondé sur un malentendu. Il suffirait d'un mot de ma bouche pour que le vide se fît autour de moi. Mais ce mot je ne le prononcerai pas. Parce que je suis un lâche. Parce que j'ai besoin de la société qui a condamné mon père. Parce que je peux vivre sans mon père, mais que je ne pourrais pas vivre sans la société. »

Il réfléchit encore intensément et précisa sa pensée : « Oui, c'est bien cela, tant que j'aurai honte de mon père, les honnêtes gens n'auront pas honte de moi. En choisissant de les fréquenter, je choisis, du même coup, de renier mon père. »

Jamais encore l'idée de cette option nécessaire ne s'était présentée aussi nettement dans son esprit. Avec eux, contre lui. Ou avec lui, contre eux. Pas de compromis possible. Pas de zigzag. La ligne droite. Il leva son verre, but sans plaisir le liquide tiédi et âcre qu'il contenait.

— On y va ? demanda la jeune fille.

Elle lui souriait d'une manière engageante. Ne trouvant rien à répondre, il se mit debout. Le volume de son corps l'étonna. Il n'avait plus de contour défini. Il changeait de forme en se déplaçant. « Ça y est, pensa-t-il avec tristesse. Je suis saoul. » Sur la piste, le bloc des danseurs refusait de se laisser pénétrer.

— Nous ne pourrons jamais entrer là-dedans, dit-il.

— Mais si, vous allez voir. Par ici. Tenez... Une petite place...

Subitement, Étienne sentit un corps chaud qui se plaquait contre lui, et ses pieds commencèrent à bouger en cadence. Des figures, nues et pâles, l'entouraient. La musique s'était faite douce. Piano et grosse caisse. C'était Marion qui lui avait appris à danser, au son d'un vieux phonographe nasillard,

devant l'armoire à glace de la chambre. A cette
époque-là, il portait encore des culottes courtes. Mais
il était déjà aussi grand que sa mère. Il la tenait dans
ses bras, gauchement, les reins cambrés, le cou tendu,
avançait, reculait, tournait sur commande, et elle,
souriante et fière, marquait la mesure en hochant le
menton : une, deux... une, deux...

— Vous ne dansez pas si mal que ça, dit Yolande,
mais on voit que vous n'avez pas la pratique...

Son haleine sentait le jujube. Toute sa chair, sous
la petite blouse d'un gris morne, devait être en
transpiration.

— C'est exact, dit-il, je ne danse presque jamais.

— Vous n'aimez pas ça?

— Je n'ai pas le temps.

— Les études?

— Oui.

Elle soupira :

— Vos camarades m'ont dit que vous étiez un
type formidable. Premier en tout. Ça ne m'étonne
pas...

Il fut sensible à ce compliment et détesta aussitôt
sa faiblesse. Le temps d'un clin d'œil, il avait oublié
qu'il méprisait le monde. Pour renforcer son dédain,
il aspira profondément l'odeur des hommes et des
femmes. A présent, selon le conseil de M. Thuillier, il
imaginait, derrière ces enveloppes de peau, des
aigreurs d'estomac, des échecs au bachot, des incon-
tinences d'urine, des dettes d'honneur, des jalousies,
des vices, des colères, des malformations, toutes

sortes de déchéances physiques et morales, qui rendaient l'humanité exécrable.

— Moi aussi, dit Yolande, j'aurais aimé poursuivre mes études. Mais j'ai dû gagner ma vie très tôt. Quel âge me donnez-vous?

— Je ne sais pas.

— J'ai vingt-trois ans. Une paie! Et pourtant, vous voyez, je recherche surtout la compagnie des étudiants. Ils sont charmants, les étudiants! Ils n'ont pas peur de vivre!

— Où avez-vous connu les Marroussel?

— A La Baule. Ce sont de braves garçons...

— Des cons, dit Étienne.

Il avait prononcé ce mot sans réfléchir, pour satisfaire un besoin de violence verbale, de concision ordurière.

— Vous exagérez, dit-elle. Que leur reprochez-vous?

— Je leur reproche d'être assis quand il faut être assis, debout quand il faut être debout.

— Je ne comprends pas.

— Vous ne pouvez pas comprendre.

— Vous voulez dire qu'ils manquent de personnalité?

Elle n'était pas aussi bête qu'il l'avait supposé, à première vue.

— C'est à peu près ça, murmura-t-il. Ils ne savent pas s'affirmer. Ils sont d'une matière neutre, prudente. Ils vivent selon des conventions que d'autres ont inventées pour eux.

— Et Biosque, Palaiseau, Kellermann?

— Même chose.

— Et moi?

Il fut embarrassé par cette question qu'il n'attendait pas, manqua la mesure, dut s'arrêter.

— Et moi? reprit-elle, en versant un regard langoureux entre ses paupières rapprochées.

Des couples les bousculèrent en passant. Il se remit à danser, maladroitement, les pieds désaccordés, la figure en feu.

— Je ne vous connais pas assez, répondit-il enfin. Je ne peux rien dire.

— Nous vous reverrons, chuchota-t-elle.

— Si vous voulez.

Un peu de joie se mêla à son amertume.

— Oui, je le veux, dit-elle avec une effronterie subite. Vous m'intéressez beaucoup.

— Pourquoi?

— Parce que vous êtes un drôle de coco.

Un nègre bondit sur l'estrade et ouvrit une bouche énorme, faite pour broyer le crâne d'un nourrisson. La peau de son visage était épaisse, luisante, d'un noir verdâtre, comme celle des phoques. Ses dents étincelèrent. Il glapit. Il chanta. Le rythme s'accélérait dangereusement. Frappés de frénésie, tous les pantins se dandinaient sur place pour obéir aux ordres du sorcier.

— Ils ont un *tempo* du tonnerre, dit Yolande. Vous arrivez à suivre?

Étienne acquiesça du menton. La musique et le whisky se mariaient dans son estomac et lui procuraient une sensation d'irréalité troublante. Écœuré,

allégé, il participait, de corps et d'âme, à la besogne
de ses voisins. Ses jambes travaillaient, en dehors de
sa volonté. Il lui sembla, tout à coup, qu'il comprenait le sens ésotérique de ce vacarme et de cette
agitation. Ce n'était pas pour le plaisir de danser que
tant de couples se démenaient dans une atmosphère
d'étuve. Ils protestaient à leur manière contre la
civilisation, telle que les vieux l'avaient faite. Ils
défiaient, par des gestes fous, l'univers solennel et
figé où leurs parents les condamnaient à vivre. Ils
piétinaient sauvagement un parterre de principes
moraux, de superstitions sociales, de conventions
nationales périmées. Oui, réunis dans une cave,
comme les premiers chrétiens, les jeunes affirmaient
leur désir de liberté, d'incohérence et de risque.
Étienne avait eu tort de croire que son aveu les
dresserait contre lui. A ces gens-là, on pouvait tout
dire. Après l'avoir entendu, ils redoubleraient d'admiration à son égard. Yolande avançait son ventre.
A travers le tissu des vêtements, leurs peaux faisaient
connaissance. Le nègre rugit :

— *But ma-a-amy is gone...*

Elle ouvrit ses lèvres. Étienne vit l'intérieur de la
bouche. Il aurait pu l'embrasser. La face du nègre se
disloqua. Un bourdonnement de machine à coudre
s'échappa de son gosier noir. Étienne pencha le
visage, rencontra une haleine intime. Ses genoux se
mirent à trembler. Il dit :

— Je suis le fils d'un assassin.

L'orchestre se tut. Un silence de damnation plana

sur les danseurs. Tous s'étaient arrêtés, ficelles coupées, bras ballants. La piste se vidait.

Yolande demanda :

— Qu'est-ce que vous dites?

Terrifié par son imprudence, il murmura :

— Rien, rien...

— Mais si. Je n'ai pas entendu, avec ce vacarme...

— Je vous répète que je n'ai rien dit...

Elle cligna des yeux, gonfla le cou, devint colombe. Sans doute s'imaginait-elle qu'il lui avait fait une déclaration d'amour? Un chuchotement sortit de ses lèvres :

— Dans la rue, nous serons plus à l'aise pour parler.

Il se sentait massif et sale, souriant et mou.

— Venez, dit-elle.

Elle marchait devant lui. En passant près de la table des Maroussel, elle cria :

— On monte prendre l'air. Ne vous en faites pas pour nous!

Des quolibets lui répondirent. Paulette était assise sur les genoux de Maroussel aîné.

— On vous souhaite bien du plaisir! hurla Palaiseau.

Après un temps d'arrêt, l'orchestre fit entendre une longue plainte cuivrée. Comme à l'appel d'une sirène d'usine, des garçons, des filles, soucieux de leur devoir, se dirigèrent vers la piste. L'escalier tournait deux fois sur lui-même avant de déboucher au niveau du trottoir. De la rue on percevait encore des toussotements de musique assourdie. Étienne ouvrit la bouche et avala une bouffée d'air pur. Les lampadaires veillaient, tels des cierges, devant le cadavre des grandes maisons bourgeoises, aux portes scellées, aux volets clos.

— Vous ne voulez pas me répéter ce que vous m'avez dit, tout à l'heure? susurra Yolande.

— Non.

— C'était donc si grave?

— Oui.

— Et si j'essayais de deviner?

— Vous ne pourriez pas.

— Oh! je suis très forte, dit-elle.

La lueur d'un réverbère éclairait son visage, tendu dans une expression de gourmandise indécente. Elle avait l'air de renifler quelque chose de bon.

— Il s'agissait de nous? reprit-elle à mi-voix.

Il n'eut pas le courage de la détromper.

— Oui, dit-il.

Elle lui décocha un regard lumineux et prononça dans un souffle :

— J'habite tout près d'ici. On y va?

Il voulut répondre, mais une langueur lui nouait la gorge. Des pattes d'insecte couraient sur sa peau. Sa lâcheté lui paraissait à la fois méprisable et utile. « J'ai dit ce que j'avais à dire. Qu'elle ait entendu ou non, cela ne change rien. Vis-à-vis de moi-même, je suis en règle. »

Ils firent quelques pas, côte à côte. Puis, Yolande s'arrêta, leva la tête, et Étienne la poussa contre le mur d'une maison. Son audace et sa décision l'étonnaient lui-même. Jamais encore il n'avait imposé sa volonté à une fille. Et, cependant, il n'était pas gêné dans ses mouvements. Un autre l'habitait.

— Oh! oui, dit-elle.

Leurs visages se rapprochèrent. Il appuya ses lèvres sur une bouche amère et mouillée, qui s'élargit. Tout à coup, il n'y eut plus de solitude. Dans une crispation délicieuse, Étienne sentit que Yolande et lui ne faisaient qu'un. Il perdait le souffle. « Elle m'aime! Je vais avoir une maîtresse! Je suis heureux! »

Elle se détacha de lui, les yeux exorbités, le buste penché en avant, comme si elle eût souffert de l'estomac. Des promeneurs les dépassèrent. Elle balbutia :

— Comme tu m'as serrée dans tes bras! J'ai cru que tu allais me tuer. Tu es fort. Tu es brutal. Tu me plais...

Il se taisait, subjugué par la violence de son propre désir. Ses veines charriaient du feu. Ses muscles se gonflaient. Il avait envie de mordre, de frapper, de forcer quelqu'un à s'agenouiller dans la boue. Rien ne lui résistait. Tout lui était permis. Et cette puissance, il la devait à son père.

De nouveau, il l'attira contre sa poitrine.

— Chéri! Mon chéri! gémit-elle. Nous ne dirons rien aux autres. Ce sera notre secret.

Elle se tortillait. Elle le frottait avec son ventre. Elle lui griffait la nuque avec ses ongles pointus. Il jeta son visage sur cette grosse fleur de chair bavarde. Et, soudain, une secousse de plaisir intense ébranla ses os. Sa tête éclatait. Ses jambes devenaient molles. Il crut qu'il allait s'évanouir. Il la repoussa.

— Qu'as-tu, mon chéri?

Stupéfaite, l'œil rond, la lèvre meurtrie, elle le regardait, comme s'il l'eût giflée sans raison. Puis, elle comprit. Sa figure s'éclaira :

— Ce n'est rien. Ça arrive. Tu me voulais trop. Laisse-moi faire...

Sa voix était affreusement maternelle. Elle s'avança vers lui, voulut l'embrasser encore. Comme délivré d'un charme, il subit avec répugnance ce baiser profond et goulu. Les paroles de M. Thuillier lui revenaient en mémoire. Ces lèvres, cette langue, étaient l'aboutissement de huit mètres de boyaux enroulés en pelote. Il était collé à l'orifice d'un amas de tripes communicantes. Il aspirait l'intérieur visqueux d'une femme qui ne lui était rien. Horrifié, il dénoua les deux mains qui se joignaient sur son cou.

— Non, dit-il, d'une voix sourde. Foutez le camp! Laissez-moi seul!

Il devait être effrayant à voir, car elle baissait les épaules, serrait les paupières, se ratatinait de la tête aux pieds.

Brusquement, elle lui tourna le dos et se mit à courir très vite dans la rue. Ses talons claquaient sur l'asphalte.

Quand elle fut loin, il grommela :

— Salope!

Un soulagement se fit en lui. La nuit, les maisons, le ciel, les réverbères, tout lui fut donné, en échange de la femme qui était partie.

Un peu plus tard, il remarqua qu'il marchait dans une rue, qui devait être la rue de Seine. La sensation de son corps vide lui était pénible. Il pensait à l'amour vanté par les poètes, et qui n'était, somme toute, qu'une passion méprisable, puisqu'un accident physique pouvait transformer le désir en dégoût. A quelle illusion les hommes et les femmes obéissaient-ils en célébrant comme un miracle les manifestations glandulaires les plus honteuses? Pourquoi cette fonction naturelle s'entourait-elle de plus d'égards que celle qu'on satisfaisait quotidiennement dans les cabinets? Un mensonge supplémentaire, inventé par les honnêtes gens, pour masquer la disgrâce de leur état. Derrière les serments éternels, les regards pâmés, les lèvres maquillées, les parfums, les élans de l'âme, il n'y avait que des hoquets de muqueuses. Tout était sale dans le monde. Sale et laid. Il suffisait de regarder les hommes pour comprendre que Dieu n'existait pas. Pouvait-on concevoir, en effet, qu'un créateur tout-puissant eût à ce point manqué son œuvre? Fallait-il adorer un principe qui couvrait les misères organiques, l'inégalité des races, la diversité des fortunes et des talents, la maladie, la mort, le spasme ridicule de la possession? Soudain, il regretta de n'avoir pas suivi Yolande dans sa chambre. Pour s'avilir davantage. Pour savoir exactement ce qu'était cette pénétration d'un sexe dans un autre. Pour crier sa haine, son mépris, devant un corps nu et comblé. Elle avait eu peur de lui. Elle s'était enfuie, comme s'il l'avait menacée avec une arme. Il se demanda s'il eût été capable de la tuer, dans un accès de colère.

Plongeant la main dans sa poche, il sortit la photographie. Incontestablement, il ressemblait à son père. Le carré de papier journal frissonnait entre ses doigts. Il rangea l'image dans son portefeuille. Pourquoi cette analogie avec Louis Martin se fût-elle bornée aux traits du visage? D'une génération à l'autre, l'hérédité morale jouait aussi sûrement que l'hérédité physique. Un père, une mère ne léguaient pas seulement à leur enfant une structure externe particulière, mais aussi leurs instincts les plus violents et les plus secrets. Il ne dépendait pas d'Étienne que son sang fût riche ou pauvre, que son squelette se développât de telle ou telle façon. De même, il ne devait pas être tenu pour responsable des sentiments qui s'agitaient dans son âme. Le mystère de son destin, comme la forme de son nez, était contenu dans les cellules génératrices unies pour la fécondation. Le vide, l'obscurité, où il s'enfonçait à grands pas, l'aidaient dans cette conviction magnifique. Une fureur chaude s'accumulait dans ses mains. Son regard ne se posait pas sur les choses, mais les frappait, comme pour les ouvrir. Il en éprouvait, par contrecoup, une petite douleur concave dans le creux de l'orbite. « Marqué pour le mal, dès ma naissance, c'est ce soir enfin que je prends conscience de mon état. Sans doute Louis Martin a-t-il été comme moi, pendant de longues années, un jeune homme correct et banal. Et, brusquement, il a senti s'éveiller en lui ce besoin, ce pouvoir, dont je suis, à mon tour, le dépositaire. Alors, valeureusement, il a accepté de jouer le rôle

qui lui était dévolu. Il a assumé la responsabilité
d'une vocation terrible, qui, en ce jour, par le
mariage des cellules créatrices, devient la mienne. Et
la loi des hommes l'a puni, parce qu'il a obéi à la loi
de la nature. »

Rue Visconti. Un tunnel silencieux, bordé de
façades. Deux autos passèrent, l'une remorquant
l'autre. La silhouette bicéphale d'un couple entra
dans le mur d'une maison. Un rayon de lune
imbibait l'angle de la rue Bonaparte. Étienne sursauta. Tout près de lui, un petit chat gris, au poil
hérissé, à la queue droite, miaulait devant une porte
en bois noir, qui ne voulait pas s'ouvrir. « Et lui,
saurais-je le tuer? » pensa-t-il. Une sensation de
vitesse le prit à la nuque. Il s'accroupit et fit entendre
quelques clappements de langue discrets. L'animal
vint se caresser contre ses genoux. Deux yeux ronds,
couleur de phosphore. Une bouche minuscule, aux
ressorts grinçants. Trop jeune encore pour être
farouche. Étienne le souleva, le pressa contre sa
poitrine. Le chaton couchait ses oreilles et ronronnait
de contentement. Peu à peu, la main d'Étienne
s'enfonçait dans cette touffe de fourrure chaude. Il
sentait la vie d'un autre bourdonner sous ses doigts.
« Un coup sec sur l'échine, et tout sera fini.
Vertèbres délicates, ventre mou, pattes de velours. Ce
n'est qu'un chat. Je fais mon apprentissage sur un
chat. Allons, courage : Louis Martin, lui, n'aurait
pas hésité. » Il se redressa. Une angoisse lugubre
l'envahissait. Il haletait, aux prises avec un ennemi
redoutable, qui pesait le poids d'un écheveau de

laine. Il réunissait toutes ses forces, toute sa volonté, contre cette âme de rien. Un agent de police passa, pédalant sagement sur son vélo à la lanterne sautillante. Étienne ouvrit les mains. Le chat tomba sur le sol et détala, aplati, furtif. « Je n'ai pas osé. Ou plutôt, je n'ai pas eu le temps. Plus tard, plus tard... » Il se remit en marche, traînant les semelles, la bouche béante, comme un assoiffé. Pierre sur pierre, vitre sur vitre, encore des maisons avec du sommeil et des victuailles dans le ventre. Au loin, brillaient les lumières du carrefour Saint-Germain-des-Pres. Deux hommes et une femme naquirent de la nuit. Ils riaient et parlaient. Pas de mystère pour eux. Fiers de leurs binettes quelconques et heureux de l'excellente soirée, qui n'avait coûté que 895 francs, service compris. Étienne les imagina etendus sur le trottoir, le crâne fracassé, la face barbouillée d'un coulis de sang frais. Ce tableau ne soulevait en lui nulle sollicitude. Il ne voyait pas pourquoi il devait chérir ces inconnus, sous prétexte qu'ils avaient, comme lui, une tête, deux bras et deux jambes. « Si je tords le cou d'un chat, on ne me dira rien ; si j'étrangle une femme, je serai un criminel de la pire espece. Je suis libre de détester les araignées, mais non de détester mes semblables. Personne ne peut m'obliger à aimer la brandade de morue, mais tout le monde veut m'obliger à aimer les hommes. Et qui est responsable de cette absurdité ? »

Il s'etait arrêté devant l'étalage d'un magasin de bondieuseries.

— Lui, dit-il a voix basse. Lui seul. Cette statue !...

Une nausée, à goût de whisky, gonfla sa bouche. Il
ravala sa salive, haussa les épaules et se détourna de
la vitrine obscure.

Ayant laissé passer l'heure du dernier métro, il dut
faire à pied le chemin du retour. L'avenue de
Tourville appartenait à une cité de province, sourde,
lointaine, amie des arbres, du sommeil et de la bonne
conduite. Harassé, les chaussures brûlantes, les mollets faibles, Étienne avançait, seul, sous les feuillages
épais qui lui cachaient le ciel. Peu à peu, son ivresse
s'était dissipée. Quand il réfléchissait aux péripéties
de la soirée, il doutait même, confusément, de les
avoir vécues. La femme goulue, le chat, les promeneurs, le nègre de l'orchestre, faisaient partie pour lui
d'un cauchemar aux figures hallucinantes. Il regretta
sa mésaventure avec Yolande. Que pensait-elle de lui,
à présent ? Accepterait-elle de le revoir, après ce qui
s'était passé ? Il rêva à de nouvelles étreintes, non
plus grotesques, mais sauvages, émouvantes,
sublimes. Yolande devenait sa maîtresse. Une
chambre inconnue abritait leur amour. Ses camarades l'enviaient. « Demain, tout sera plus simple. Je
ne supporte pas l'alcool. Je divague. » Il se sentit très
jeune, très vulnérable. Un enfant perdu. Un orphelin.
Il désira follement retrouver son lit, ses livres,
l'amitié des meubles et des murs. Déjà, il distinguait
le terme de sa longue marche : une maison de sept
étages, semblable aux autres, et qui n'avait d'importance que parce qu'elle était sa maison.

Tout à coup, il s'immobilisa, comme choqué par

une secousse électrique. A quinze mètres de lui, devant la porte cochère, une femme et un homme se tenaient enlacés. Marion! La stature trapue de l'inconnu la masquait, l'absorbait en partie. Penché sur elle, il devait lui sucer la bouche. Un frisson d'horreur saisit le cœur d'Étienne et s'éparpilla en éventail jusqu'aux extrémités de son corps. Jamais encore il n'avait imaginé ce que pouvaient être les rencontres de Marion avec Maxime Joubert. Leur liaison se situait pour lui au centre d'une région abstraite. Et voici que, subitement, ces deux êtres entraient dans son champ visuel, avec leurs caresses, qui étaient celles de tout le monde. Marion se pressait contre son amant, comme Yolande s'était pressée contre Étienne, avec la même impudeur, la même frénésie. Et Maxime Joubert, raidi devant sa maîtresse, éprouvait en ce moment la jubilation intime dont Étienne, grâce à une autre, avait fait l'expérience. « Une comédie infecte. Une chiennerie. Et Marion participe à ces vils plaisirs de la peau! » Les ombres se séparèrent. Étienne eût souhaité mourir sur place, mais la vie tenait à lui.

« Les types dans mon genre n'utilisent pas leur volonté pour mourir, mais pour tuer. Je ne suis pas candidat au suicide, mais au meurtre. J'ai du sang d'assassin dans les veines. Ne l'oubliez pas. » Là-bas, un homme s'inclinait devant une femme, lui baisait galamment la main. Des paroles de douceur s'échangeaient dans la nuit bienveillante. « Je vous aime. A demain. Toute une journée sans vous! » Deux cœurs aux battements précipités. Une combinaison froissée. Un pantalon humide. C'était ça, l'amour.

Étienne lécha ses lèvres imprégnées d'une saveur de fard et d'alcool. La porte cochère s'ouvrit. Marion pivota, disparut. Maxime Joubert attendit quelques secondes encore devant le battant aveugle. Il avait l'air de suivre, par transparence, le trajet de la jeune femme dans le vestibule de la maison. Puis, il se dirigea, à pas lents, vers le bord du trottoir. Une voiture, basse et noire, était arrêtée là, sous un réverbère. Fronçant les sourcils, écarquillant les prunelles, Étienne s'efforçait de déterminer, à distance, les traits de cet homme heureux. Il nota une joue rasée, des cheveux gris, la tache blanche d'un faux col. Une portière claqua. Des phares s'allumèrent. Craignant d'être vu, Étienne se plaqua contre le tronc d'un arbre. L'automobile glissa devant lui et l'insulta au passage d'un miroitement de mécanique coûteuse. C'était fini. Il était seul. Mais il n'osait plus s'approcher de la porte cochère.

Longtemps, il déambula dans les rues avoisinantes, les poings dans ses poches, le regard mauvais. Il était trois heures du matin, quand il se décida enfin à rentrer chez lui. Dans l'appartement obscur, les meubles dormaient debout. Nulle trace de lumière sous la porte de Marion, qui reposait, brisée par un excès de fatigue amoureuse. Sans doute n'avait-elle pas éprouvé le besoin de vérifier si son fils était revenu de promenade. Elle était sûre de lui : « Un garçon sérieux. Couchons-nous sans le réveiller. Il est tard. Je suis la plus heureuse des femmes. » Maxime

Joubert hantait ses rêves et réglait sa respiration. La petite pendule de la cheminée sonna, dans le noir, d'une voix limpide, fêlée. Une lame du parquet craqua. Étienne retira ses chaussures et se dirigea vers sa chambre, en marchant sur la pointe des pieds.

10

ETIENNE achevait de prendre son petit déjeuner, quand sa mère entra dans la cuisine. Elle s'était levée tard et paraissait encore somnolente.

Marthe et Suzanne sont déjà là, dit-elle. Et moi qui lambine! Ce n'est pas sérieux! Vite, une tasse de café chaud!

Tout en parlant, elle tendait la joue à son fils pour le baiser rituel du matin. Il se dressa sur ses jambes et toucha, du bout des lèvres, avec une extrême précaution, cette peau fraîche, qui sentait la « crème de beauté » aux amandes. Contrairement à son attente, ce premier contact ne souleva en lui aucune répugnance. Il avait de la peine à concevoir que la créature modeste et douce qui lui faisait vis-à-vis s'était pâmée, la veille, dans les bras d'un homme. La regardant à la dérobée, il cherchait sur elle les signes physiques de la dégradation, et ne voyait qu'une figure calme et familière, deux yeux limpides, le sourire de tous les jours. Il se rassit et continua à manger.

— J'espère que je ne t'ai pas réveillé en rentrant, hier soir, reprit-elle. Il était si tard!

— Je n'ai rien entendu, dit-il.

— C'est bien ce que je pensais.

Elle versait le café, le lait, beurrait une tartine, et il évitait de lever le front, par crainte qu'elle ne remarquât l'expression inquiète de son visage. Comment pouvait-elle être, tour à tour, et avec une égale conviction, femelle et femme, maîtresse et mère? Il aurait voulu la condamner sans recours. Mais il y avait eu, du jour au lendemain, substitution de personne. L'accusée de la veille n'était plus là. C'était une autre qui répondait à sa place.

— Tu as passé une bonne soirée avec M. Maxime Joubert? demanda-t-il sur un ton faussement désinvolte.

— Excellente. Nous avons dîné à la Tour d'Argent. Et, de là, nous sommes allés dans une boîte de chansonniers, à Montmartre...

— Ils étaient drôles?

— Follement drôles, Étienne! J'ai bien ri...

« Elle a ri. Pendant que je souffrais comme un damné. Et, en revenant du spectacle, elle a livré son corps aux caresses de l'homme qui lui avait payé à manger et à boire. » Il avait honte, pour Marion et pour lui-même, de la tournure navrante que prenaient les événements. Des filets d'eau sale entraient en lui, par mille trous d'épingles. Il suffoquait : « Ce n'est pas possible. Elle n'est pas comme les autres.

Elle va se ressaisir. Ce Maxime Joubert ne représente rien pour elle. Il passera. Et nous resterons tous les deux, elle et moi. Dans l'ombre de Louis Martin. »

— Et toi, dit-elle, qu'as-tu fait, mon chéri?

Il eut envie de lui sauter au cou, de la couvrir de baisers, de lui dire qu'il avait tout vu et qu'elle avait tort d'agir avec cette légèreté indigne. Mais un souci de pudeur le maintenait à sa place. Il craignait qu'un pareil aveu ne compromît à jamais leurs relations. Depuis quelques jours, il ne pouvait plus lui parler avec la même franchise qu'autrefois. Jadis, ils étaient des amis, qui n'avaient pas de secrets l'un pour l'autre. Maintenant, ils existaient séparément, dans des sphères différentes, lui pensant à un mort, et elle, à un vivant. Refoulant sa tendresse, son exigence, il dit :

— J'ai dîné avec des copains.

— C'est tout?

— Non. Après, nous nous sommes retrouvés au *Fisto*. C'est un dancing.

— Et tu as dansé?

Elle souriait du coin des lèvres. Son regard était ironique et affectueux. Il constata avec acrimonie qu'elle s'obstinait à le prendre pour un enfant.

— Pourquoi ne danserais-je pas? dit-il sèchement.

— Ce n'est guère dans tes habitudes...

Elle but le fond de sa tasse et demanda encore :

— Il y avait donc des jeunes filles avec vous?

— Évidemment.

— Quel genre de jeunes filles?

— Des jeunes filles comme toutes les jeunes filles, maman.

Elle soupira :

— Bien, bien...

Il trouvait insensé qu'elle se montrât si pointilleuse quand il s'agissait des fréquentations de son fils, et si insouciante dès qu'il s'agissait de ses fréquentations personnelles. Avait-elle oublié le goût de cette bouche d'homme sur sa bouche, le poids de ces mains d'homme sur ses reins ?

— Il ne faudrait tout de même pas, dit-elle, que tu prennes la manie de sortir, comme ça, tous les soirs, avec des camarades...

— Si tu étais restée à la maison, je n'aurais pas eu l'idée d'aller m'amuser ailleurs, répliqua-t-il avec vivacité.

Elle le regarda tristement. Et, aussitôt, il regretta ses paroles. Son cœur s'affolait.

— Tu m'en veux ? demanda-t-elle.

— Mais non, maman.

Marion se leva et porta les tasses sur l'évier. Un jour pluvieux entrait par la fenêtre ouverte. Des miettes de pain traînaient sur la nappe de toile cirée rouge et blanche. Étienne les chassa du revers de la main. Il voyait sa mère de dos. Des omoplates de fillette sous un chandail de fine laine noire. Une jupe plissée. Des mules en satin grenat, à talons un peu déviés. « Comme elle est petite ! Comme elle est bien à moi ! Désarmée, inconsciente, futile. Il faut que je la protège. » Tout à coup, elle se tourna vers lui, fit un demi-sourire et dit :

— J'ai invité M. Maxime Joubert à dîner, ce soir.

Il s'attendait à tout, sauf à cette nouvelle. La surprise lui coupait les jambes. Une bombe venait d'éclater dans ce décor banal de carrelage et de casseroles. Dominant son trouble, il balbutia :

— Ah ! oui ? c'est très bien...

Les secondes passaient, et il continuait à trembler de tous ses membres. Comment osait-elle introduire cet individu dans la maison ? N'y avait-il pas d'autres lieux à Paris pour abriter leurs collusions amoureuses ?

— Nous nous mettrons à table vers huit heures et demie, dit-elle encore.

Il fit un effort pour parler. Sa figure était douloureuse, comme après une gifle :

— Soit. Je partirai vers cette heure-là, pour vous laisser le champ libre.

Elle fronça les sourcils :

— Tu es fou ?

— Nullement. Ma présence vous gênerait, sans doute.

Comme prise de vertige, elle ferma un instant les yeux. Ses joues se creusèrent. Puis, elle rouvrit les paupières et dit fermement :

— M. Maxime Joubert est un ami que j'estime. Il faut que tu fasses sa connaissance.

— A quoi bon ? Je ne l'intéresse pas. Et je doute qu'il m'intéresse.

— Tu as tort de penser cela, Étienne. Si j'insiste pour que tu le rencontres, c'est que j'ai mes raisons...

— Je n'en disconviens pas.

— Je lui ai souvent parlé de toi...

— Et tu m'as souvent parlé de lui. Nous sommes quittes.

— Ne sois pas buté, Étienne.

— Je m'excuse, mais vous vous passerez de moi. Cela vaudra mieux pour tout le monde.

Elle maîtrisait mal la fureur qui l'animait tout entière. Soudain, elle cria :

— En voilà assez, Étienne! Ton accès d'humeur est ridicule. J'exige que tu dînes avec nous, ce soir. Et que tu te montres convenable devant notre invité. Plus tard, si tu persistes dans ton opinion, je ne te demanderai plus de revoir M. Maxime Joubert. Mais il faut connaître les gens avant de les juger. Tu n'es encore qu'un gamin. Tu obéis à des caprices. Et moi, je suis trop faible avec toi, je te laisse dire...

Stupéfait, atterré, Étienne subissait les éclats de cette colère féminine. Jamais encore, sa mère ne lui avait parlé sur ce ton hostile. Subjuguée par Maxime Joubert, elle ne voyait plus dans son fils qu'un obstacle à ses pauvres amours d'arrière-saison. Elle sacrifiait dix-huit années d'affection, de confidences, de protection mutuelles, au vulgaire désir d'un type grisonnant et vicieux.

— J'espère que tu as compris, reprit-elle.

— Oui, j'ai compris, maman, dit-il d'une voix basse.

— Je peux compter sur toi?

— Compte sur moi. C'est entendu. Je resterai...

Il s'étonnait de souffrir si fort et si solitairement. La machine à coudre, qui n'avait pas fonctionné de

toute la matinée, fit entendre son bourdonnement
monotone. Un robinet mal vissé pleurait, goutte à
goutte, sur la vaisselle empilée dans la cuvette de
l'évier.

— Je te remercie, mon petit, chuchota Marion.

Et elle sortit de la cuisine.

Resté seul, il se sentit plus à l'aise dans son
chagrin. « Elle ne m'aime plus. Elle me préfère ce
parvenu, ce salaud. Elle ne devine pas qu'elle prépare
notre malheur, à tous deux, en agissant de la sorte. »
Il se leva, s'approcha de la fenêtre. Un peu de ciel
gris rêvait entre les toits. La température était douce.
Sans doute la pluie ne tarderait-elle pas à tomber.
Marion n'avait plus le droit, à son âge et dans sa
situation, de se conduire comme une gamine sevrée
de caresses. En se jetant à la tête de ce Maxime
Joubert, elle répudiait son passé et compromettait
son avenir. Elle dédiait son corps et son âme à un
individu, dont le seul mérite consistait à être vivant.
Le type même de ces « vieux » qui gouvernaient le
monde selon des conceptions rétrogrades. « C'est
avec *ça* qu'elle trompe Louis Martin. C'est pour *ça*
qu'elle n'hésite pas à bouleverser ma vie. Je suis ici
chez moi. Qu'elle rencontre n'importe qui à l'exté-
rieur : soit ! Mais pas entre ces murs, pas devant cette
table, qui nous a toujours réunis, face à face, à
l'heure des repas. » Soudain, il songea qu'il ne serait
pas seul, ce soir, à subir l'injure d'une présence
indésirable. Unique héritier de son père, dépositaire
de son nom, de son secret, de son sang, il avait pour
mission de défendre, envers et contre tous, les

intérêts de ce mort sans gloire. C'était lui qui le déléguait auprès de Marion, pour empêcher qu'elle ne commît quelque grave écart de conduite. Chargé de ce mandat, pouvait-il accueillir favorablement l'homme qui incitait la veuve de Louis Martin à oublier son premier mariage? Devait-il se faire le complice de cette trahison posthume?

Il se vit assis entre sa mère et l'amant de sa mère, lui, le fils de l'assassin, écoutant leurs propos futiles, souriant, passant le pain, versant le vin, faisant du charme pour que le nouveau venu se sentît en confiance dans la maison. « Si insensé que cela puisse paraître, elle n'attend pas autre chose de moi. Elle veut que je le séduise à mon tour. Que je lève ses derniers scrupules! » Sa mémoire mêlait le présent au passé. A l'époque où il ignorait encore que son père fût un meurtrier, son indulgence pour Marion était totale. Il ne souffrait pas de la voir éprise d'un autre homme. Il l'encourageait même, lui semblait-il, à trouver du plaisir dans la fréquentation de Maxime Joubert. Aujourd'hui, cette seule pensée était intolérable. La mort ignominieuse de Louis Martin lui donnait des droits sur sa veuve, sur son fils, sur l'univers entier. Après ce que les hommes lui avaient fait, il méritait plus de pitié que les défunts ordinaires. Il se situait à l'écart, sur un trône de sang, dans la foule innombrable des trépassés. Des gouttes de pluie s'écrasèrent contre le rebord de la fenêtre. Étienne recula d'un pas dans la pièce. « C'est décidé. Je ne resterai pas pour ce dîner grotesque. Sans rien dire à Marion, je quitterai la maison et ne rentrerai que tard dans la nuit. Ils feront ce qu'ils voudront en mon absence. »

Par l'effet d'un dédoublement étrange, il s'imaginait, les cheveux au vent, marchant dans les rues noires du quartier. A plusieurs reprises, il passait devant l'immeuble solide et austère de l'avenue de Tourville, levait la tête vers les fenêtres. Derrière les vitres lumineuses, Marion et Maxime Joubert continuaient leur dînette d'amoureux. Champagne et foie gras, petits baisers et jeux de main sous la table. Pendant ce temps-là, lui, le fils, chassé de la demeure familiale, errait dans l'ombre, comme un mendiant, comme un proscrit. « Quand ils auront bien mangé et bien bu, elle lui montrera ma chambre. Il verra mes papillons, mon buste en plâtre, mes livres. Il humera mon odeur et foulera mon parquet. Puis, elle l'entraînera chez elle, avec des rires impatients et des battements de paupières. Il posera son pantalon sur la chaise où j'ai coutume de m'asseoir. Il se couchera avec elle dans ce lit où je l'ai toujours vue seule. »

Durant quelques secondes, il crut à la réalité de cette scène misérable. La nuit l'entourait vraiment. Et il y avait une fenêtre brillante au fond de sa cervelle. Il comprit avec désespoir qu'il lui serait aussi pénible de fuir la maison que d'y rester. Ici, comme ailleurs, à table comme dans la rue, il était condamné à une souffrance stérile. Cet homme le délogeait de ses positions. Il n'y avait plus de place pour lui dans le monde. Ah! si seulement Maxime Joubert avait pu mourir, disparaître. Une maladie, un accident d'auto. Mais les gens de son espèce étaient increvables. « Il sera là à l'heure dite, rasé, pomponné, avec son sourire commercial et sa main tendue. » Entraîné par une sorte d'ivresse, Étienne se mit à chuchoter des injures, cherchant dans son cœur les mots les mieux faits pour blesser le couple. Ses lèvres se tordaient au passage des syllabes ordurières. Il devait se retenir pour ne pas hurler.

Au bout d'un moment, il s'arrêta, épuisé par sa basse révolte d'esclave. « Si Louis Martin avait été à ma place, il ne se serait pas contenté de proférer des insultes. Il aurait pris la responsabilité d'agir, de risquer le tout pour le tout. Il serait allé chez Maxime Joubert pour lui régler son compte. Un coup de feu. C'est fini. Plus personne. »

Une joie aiguë lui piqua le cœur. Le contour des choses, autour de lui, s'estompait dans une buée charbonneuse. Au fond de cette brume les casseroles miroitaient, telles des lunes d'argent. Lentement, avec un calme affecté, Étienne se dirigea vers la porte. En passant devant la salle à manger, il entendit le bavardage des femmes. Mais son oreille n'enregistra leurs propos que comme le murmure d'une vallée lointaine. Pas à pas, solennellement, il gagna le refuge de sa chambre, obscurcie et rafraîchie par la pluie qui tombait dru. Sur la table, gisait un volume dépareillé de Schopenhauer : *Le monde comme volonté et comme représentation.* Il ne possédait que le tome trois de cet ouvrage, acheté jadis sur les quais, au hasard d'une promenade. Étienne feuilleta le livre pour retrouver un passage qu'il avait lu récemment. Page 328 : *En se combinant dans l'acte de génération, les germes apportés par les parents reproduisent non seulement les particularités de l'espèce, mais celles des individus... Que chacun commence par se considérer soi-même, qu'il s'avoue ses penchants et ses passions... que, par la pensée, il se reporte ensuite à son père, et il ne manquera guère d'apercevoir en lui ces traits de caractère dans leur ensemble; la mère, au contraire, se trouvera, souvent, d'un caractère très différent et une concordance morale avec elle sera un fait des plus rares...*

Plus loin, venait une série d'exemples historiques, destinés à prouver que, de père en fils, les mêmes vices et les mêmes vertus trouvaient leur utilisation dans le monde. Tibère, Caligula, Néron, les Borgia. *Au mois d'octobre 1836, en Hongrie, le comte Belezcnai fut condamné à mort pour avoir tué un fonctionnaire et grièvement blessé ses propres parents... Son père s'était aussi rendu coupable de meurtre...* Étienne sourit, hocha la tête et poursuivit sa lecture. Une éclaircie succédait, dans son cerveau, à la tempête qui l'avait d'abord visité. Il sentait avec délices que sa volonté faiblissait, absorbée par la volonté d'un autre. De seconde en seconde, il donnait plus de place à l'être neuf qui se développait en lui et le dépossédait de ses dernières craintes. Il demeura ainsi, courbé devant sa table, feuilletant le vieux bouquin à couverture verte, jusqu'à l'heure où Marion l'appela pour le déjeuner.

Ils mangèrent silencieusement, installés l'un en face de l'autre, dans la pièce où entrait le bruit rampant de la rue. Marion avait un visage pâle et meurtri de convalescente. Elle respirait à petites saccades par le nez. Mais Étienne ne pouvait plus avoir pitié d'elle. Elle ne se doutait pas qu'elle était assise devant Louis Martin. Quand elle levait les yeux, c'était Louis Martin qu'elle voyait, sans le savoir. Si elle s'avisait de parler, ce serait à Louis Martin que s'adresserait son discours. Il se récita mentalement le vers de Shakespeare, cité par Schopenhauer :

Les lâches engendrent les lâches, et de la bassesse naît la bassesse.

La femme de ménage vint desservir la table. Puis, Mme Marthe et Mlle Suzanne emplirent la maison de leur caquetage de volailles heureuses. Étienne retourna dans sa chambre. A cinq heures de l'après-midi, il entendit Marion qui sortait. Sans doute allait-elle faire des emplettes pour le dîner. Rien ne serait trop bon pour fêter l'entrée de Maxime Joubert dans la famille.

Étienne attendit vingt minutes encore, puis se glissa, comme une ombre, dans le couloir. L'annuaire des téléphones était posé sur un bahut, près du portemanteau. Il ouvrit le volume et s'approcha de la porte vitrée d'où venait le jour. De nouveau, des voix de femmes, un bruit de machine à coudre, obsédant, irritant :

— Passez-moi la craie, Suzanne.

Des ciseaux tombèrent sur le parquet. *Joubert M. 17, rue La Trémoille.* Étienne remit l'annuaire à sa place et poussa la porte, qui conduisait à la chambre de sa mère. Les roses de Maxime Joubert étaient toujours là, tiges raccourcies, pétales fanés. Un parfum de fleurs mortes flottait dans la pièce vide et propre, où personne, semblait-il, n'avait jamais vécu. Marchant sur la pointe des pieds, Étienne s'avança vers la table de nuit et posa sa main sur la boule en sycomore jauni qui servait de poignée. Le tiroir s'ouvrit en grinçant. Noir et net, le revolver était couché au fond de la caisse.

*

La femme de chambre, au vieux visage cuit et craquelé, observait Étienne avec sympathie.

— Monsieur ne rentre jamais du bureau avant six heures, dit-elle. Vous aviez rendez-vous?

— Oui, dit Étienne.

— Dans ce cas, vous pourriez peut-être l'attendre. Je vais vous faire entrer.

Elle lui sourit. Sans doute jugeait-elle qu'il avait de bonnes manières et une figure honnête.

— Si vous voulez me suivre...

Elle traversa le vestibule de pierres froides, que décoraient un coffre ancien constellé de clous et un seul tableau, très grand et très sombre, représentant un jésuite en prière. Une porte massive, taillée en pointe de diamant, pivota sur ses gonds, et Étienne pénétra dans une pièce basse, toute en livres et en boiseries.

— Monsieur ne tardera guère, dit la femme de chambre.

La porte se referma sans bruit. Étienne demeurait debout, intimidé par l'ordonnance studieuse et sobre du lieu. Guidé par une aversion primordiale, il avait imaginé que Maxime Joubert logeait dans un intérieur spacieux et de mauvais goût, encombré de meubles aux dorures agressives. A présent encore, il avait de la peine à croire que ce personnage, qu'il exécrait sans le connaître, eût conçu et agencé un refuge aussi séduisant. Entre deux fenêtres cintrées, à petits carreaux, s'étalait une tapisserie verte et brune, figurant un sous-bois au crépuscule. Sur la longue table en merisier poli, il y avait des bouquins brochés, des journaux, un encrier en pierre noire. Dans un cendrier, reposaient deux pipes, l'une droite, l'autre courbe. Un parfum de tabac imprégnait l'air. « Il fume la pipe. Je ne savais pas. D'ailleurs, qu'est-ce que cela change ? » Étienne s'approcha des rayons chargés de livres : « Chateaubriand, Daudet, Anatole France. Évidemment, c'est de son âge. Ah ! tout de même un Baudelaire, un Rimbaud. *Les Chants de Maldoror*. Les a-t-il seulement lus ? » Soudain, son cœur tressaillit, flancha : Schopen-hauer, *Le monde comme volonté et comme représentation*. Les trois tomes. Il prit le premier volume de la série. Les pages en étaient coupées avec soin. Çà et là, des phrases soulignées au crayon. Il lut quelques mots : *Plus une volonté sera violente et multipliera ses efforts, plus seront violentes et multiples les souffrances qu'elle traînera à sa suite... Ce que je peux regretter, ce n'est pas ce que j'ai voulu, c'est ce que j'ai fait...*

Étienne remit le volume à sa place, le renfonça dans la rangée, d'une pression de la main. A côté, se

trouvaient les œuvres de Spinoza, de Freud, de
Leibniz, de Platon. Le regard d'Étienne recensait
cette compagnie de noms illustres. Il n'avait pas
supposé que Maxime Joubert, marchand de tissus,
eût des lectures d'une qualité aussi remarquable.
Cette découverte modifiait l'idée qu'il se faisait de
son adversaire. Il lui sembla qu'au dernier moment
une main traîtresse avait changé la cible sur laquelle
se fixait son attention. L'homme qu'il allait abattre
n'était plus un individu quelconque, mais un amateur
de philosophie, un lecteur de Schopenhauer. « Et
puis après? Vais-je lui pardonner, sous prétexte qu'il
n'est pas tout à fait ignare? Que viennent faire mes
préférences intellectuelles dans un pareil débat? »
Cependant, sa gêne s'accentuait et il s'irritait de ne
pas savoir la réduire. Pour un peu, il eût reproché à
Maxime Joubert de lui compliquer inutilement la
tâche. Tournant le dos à la bibliothèque, il choisit un
fauteuil en cuir, s'assit, palpa dans sa poche la crosse
du revolver, qui s'était réchauffée en frottant, à
travers la doublure, contre sa peau. Le contact de
cette arme vigilante augmenta, tout ensemble, son
assurance et son effroi. « Pouvoir des objets sur les
êtres. Sans revolver, je ne suis rien. Avec un revolver,
je deviens le maître de la vie et de la mort. Le
revolver est une clef pour comprendre le monde.
Dommage, simplement, qu'il faille accomplir ça ici.
Ici, je suis en visite. On doit se tenir convenablement,
chez les autres. Ne pas faire de bruit. Ne rien salir.
Tout est si propre! Si bien rangé! Il y aura du sang.
Une grande tache sombre sur le tapis. Partira-t-elle

au nettoyage? Je m'excuserai, comme si j'avais renversé du vin. Mais, à mes pieds, le cadavre, effondré, troué, ne voudra rien entendre. Il me regardera, de ses gros yeux blancs, avec reproche, parce que j'aurai souillé sa moquette. Et il aura raison. Mais comment faire? Impossible de ne pas tuer à la fois le décor et celui qui vit dedans. »

Étienne soupira et considéra avec angoisse les livres, les pipes, la lampe, les rideaux, tous ces objets qui étaient au courant de sa décision et attendaient l'arrivée du principal acteur sur le lieu du supplice. Le silence et le vide de la pièce lui donnaient à comprendre qu'il n'avait jamais été aussi près d'accomplir son dessein. Un quart d'heure, une demi-heure au plus, le séparait de la mort de Maxime Joubert. Cette perspective ne lui procurait nulle joie, mais n'en était pas moins excitante. Il lui suffisait de penser à Louis Martin pour savoir que sa propre main ne tremblerait pas au moment choisi pour le sacrifice. Ses doigts ne quittaient plus le revolver, qui se mouillait de sueur. Pour s'habituer à l'idée du meurtre, il imaginait le bruit d'une détonation, la chute maladroite d'un corps, les cris perçants de la femme de chambre. Il se disait : « Par ma seule décision, ce qui a été ne sera plus. Mon acte me créera assassin et le créera cadavre. Or, toute création est respectable en soi. Comme l'affirme Thuillier, il n'y a pas de coupables parmi les hommes, il n'y a que des responsables. Schopenhauer est responsable d'un livre et je serai responsable d'un meurtre. Quand il apprendra ce qui s'est passé, mon professeur sera fier de moi. »

Soudain, il se demanda ce qui lui arriverait après son arrestation, qui, d'ores et déjà, était certaine. Le cachot, le jugement, la mort. « Comme mon père. » Logique admirable de cette persévérance d'une génération à l'autre. Délices d'une ressemblance totale dans la brutalité et le désespoir. Orgueil du nom, du sang, de la vocation transmise et acceptée. *Un désarroi de seigneur!* Mais peut-être ne le guillotinerait-on pas? Il n'avait pas l'âge. Nul châtiment ne lui faisait peur. Il se trouvait dans une situation sans issue. Encerclé, étouffé, il devait, sous peine d'asphyxie, défoncer ce rempart vivant. Il regarda, à son poignet, la montre de Louis Martin. Six heures cinq. « Qu'est-ce qu'il attend? » Un accès d'impatience le prit, comme s'il eût fixé un rendez-vous à Maxime Joubert et que le retard de ce dernier fût inexcusable. Excédé, il se leva, marcha dans la pièce, où son pas, absorbé par la moquette beige, n'éveillait aucun écho. Sur la table de travail, il avisa une photographie, dans un cadre de marqueterie à support. Contrairement à ses prévisions, l'image ne représentait pas Marion, mais une vieille dame, au chignon blanc et aux rides sages. La mère de Maxime Joubert, peut-être. Quant à Marion, son effigie se cachait, sans doute, dans quelque tiroir fermé à clef. « Il ouvre son tiroir et il la regarde. Il décroche son téléphone et il lui parle. Il se sert d'elle comme d'un objet. » Un regain de colère l'anima à cette seule idée. La force homicide, cette espèce de don qu'il tenait de son père, montait dans ses muscles, courait sous sa peau, telle une électricité irritante, joyeuse. Il tremblait de la nuque aux talons, comme un coureur qui va prendre le départ. « Vite! Qu'il vienne! Qu'on en finisse! Je n'en peux plus d'attendre! » Plusieurs secondes passèrent dans un silence total. La vie semblait suspendue, tant l'immobilité des choses était profonde. Étienne sortit son revolver, le soupesa, le remit en poche. Dans son cadre de bois verni, une vieille dame ridée, à cheveux blancs, observait chacun de ses gestes. Un étourdissement brouilla les pensées d'Étienne. Il ferma les paupières. A cet instant précis, au fond de l'appartement, une porte claqua, une voix se fit entendre. Étienne sursauta et dressa la tête. Une épouvante majestueuse dilatait sa poitrine. « Pas de doute. C'est lui. Il discute avec la servante. Il lui reproche de m'avoir introduit ici, sans me demander mon nom. Il vient. Et moi, que vais-je faire? Je ne tirerai qu'après avoir parlé. Tout lui dire avant de le descendre comme un chien. Oh! mon Dieu, donnez-moi la force... »

Maintenant, tourné vers la porte sculptée, il écoutait avec stupeur, avec ivresse, le pas de cet inconnu, qui s'avançait, lourdement, vers la mort.

Le battant s'ouvrit, livrant passage à un homme de taille moyenne, au vêtement gris et au visage pâle. Rien de commun, semblait-il, avec le personnage qui, la nuit dernière, avait embrassé Marion sous le porche. Vu de loin, l'autre paraissait gros. Celui-ci était plutôt maigre, avec un regard doux et fatigué, un front haut, des cheveux poivre et sel, coiffés en arrière. Décontenancé, Étienne contemplait cette doublure infidèle de Maxime Joubert, qui refermait la porte et marchait droit vers le bureau.

— Excusez-moi, dit l'homme, mais on vient de m'avertir que vous m'attendez depuis longtemps. Comme je n'ai pas l'honneur de vous connaître...

— Je suis Étienne Martin, murmura Étienne.

Le visage de Maxime Joubert se dénoua dans un sourire :

— Par exemple! Je n'espérais pas faire votre connaissance avant ce soir...

Il lui tendit la main. Étienne lâcha le revolver qu'il serrait au fond de sa poche. Ses doigts sortirent à l'air libre et rencontrèrent les doigts de Maxime Joubert. Il éprouva, avec honte, dans ses jointures, cette pression virile, cette promesse de franchise et d'amitié, venant d'un homme qu'il avait résolu d'abattre.

— C'est votre mère qui vous envoie? demanda Maxime Joubert en désignant un fauteuil.

Lui-même s'assit derrière la table et se mit à curer une pipe. Étienne restait debout.

— Non, dit-il.

— Elle n'est pas au courant de votre visite?

Maxime Joubert paraissait surpris. Un signe d'inquiétude se lisait dans ses yeux clairs, aux paupières fripées. Ses sourcils se joignirent. Il reposa la pipe dans le cendrier. Comme Étienne continuait à se taire, il reprit sur un ton plus grave :

— Vous n'auriez pas dû venir. Votre mère se réjouissait de nous présenter l'un à l'autre, au cours de ce dîner. En devançant ses intentions, vous la privez d'un plaisir qu'elle escomptait depuis des semaines.

La gorge d'Étienne se desséchait. Il avala un filet de salive et prononça rudement :

— C'était indispensable. Il fallait que je vous parle...

Et, de nouveau, il plongea la main dans sa poche. La présence du revolver agit sur lui comme un rappel à l'ordre. Maxime Joubert demanda :

— De quoi voulez-vous me parler?

— De vous, de ma mère, de moi.

— Je comprends, dit Maxime Joubert.

Une petite grimace triste abaissa les coins de ses lèvres. Il semblait vieilli et consentant.

— Quelles sont vos intentions? proféra Étienne d'une voix enrouée.

— Ma parole, dit Maxime Joubert, c'est un interrogatoire.

— Oui, dit Étienne.

— Eh bien, mes intentions sont fort simples. Je désire épouser votre mère. Je le lui ai fait savoir. Et elle m'a demandé d'attendre.

— Pourquoi?

— Parce qu'elle craignait votre réaction. Je sais par elle que vous êtes un garçon généreux, inquiet, impulsif, dont il ne faut pas brusquer les sentiments...

Étienne serra les mâchoires avec répugnance. Pourquoi Marion avait-elle tant parlé de lui à cet homme? Fatuité indécente des mères. Goût féminin du bavardage et de l'indiscrétion. Sans doute, pour mieux captiver l'interlocuteur, avait-elle exagéré les qualités de son fils, le présentant comme un être à part, premier en tout, sensible à tout, et merveilleusement inutilisable. Maintenant, Maxime Joubert comparait la fiction à la réalité. Son regard était posé sur Étienne, comme sur un livre. Il déchiffrait un texte confus. Après une courte pause, il dit encore :

— Je me mets à votre place. Ayant vécu seul avec votre mère, pendant de longues années, il est normal que vous soyez irrité à la pensée du changement que ce mariage apporterait dans votre vie. De prime abord, vous me considérez comme un intrus. Je suppose même que je dois vous paraître antipathique.

— Vous ne vous trompez pas, monsieur, bredouilla Étienne.

Et il rougit de son insolence. Il n'aimait pas manquer de respect à quelqu'un de plus âgé que lui. « Qu'est-ce que cela fait, puisque je vais le tuer ? » Maxime Joubert appuya ses épaules au dossier de sa chaise.

— Je vous remercie pour votre franchise, dit-il. Et j'espère que, peu à peu, vous changerez d'avis. Quand vous me connaîtrez mieux, vous comprendrez que vous avez eu tort de me traiter en ennemi.

— Je ne tiens pas à mieux vous connaître.

— Pourquoi ? Je ne suis pas quelqu'un de remarquable. Mais il me semble que nous pourrions vivre en bonne intelligence. Sur bien des points, mes intérêts sont les vôtres.

— Le dîner de ce soir était donc destiné à

m'apprivoiser? Vous auriez parlé d'art et de philosophie pour me mettre en confiance...

— J'aurais fait de mon mieux pour réaliser entre
nous une entente que votre mère souhaite de tout
cœur.

— Cette entente est impossible! s'écria Étienne. Je
vous défends d'épouser ma mère!

Il y eut un silence. Maxime Joubert croisa ses
mains et les posa sur le bord de la table. Les traits de
sa figure se tendirent. Un feu de colère brilla dans ses
prunelles.

— De quel droit, s'il vous plaît, prétendez-vous
nous interdire de nous marier? dit-il d'une voix qui
tremblait un peu.

Étienne perdit le souffle. Ses genoux pliaient sous
le poids de son corps. Rassemblant toute son énergie,
il balbutia :

— Vous ne savez pas... Vous ne savez pas qui je
suis, qui nous sommes...

— Si, dit Maxime Joubert. Vous êtes le fils de
Louis Martin, qui a été exécuté pour meurtre.

Anéanti, la face morte, les yeux saillants, Étienne
chuchota :

— Elle vous l'a dit?

— Oui.

— Elle a osé vous le dire?...

Cette révélation l'effrayait, comme l'annonce d'un
sacrilège. En avouant son secret à Maxime Joubert,
Marion avait profané la mémoire de Louis Martin.
Elle avait permis à un étranger, bien vivant, bien
portant, bien nanti, de juger et de dénigrer l'homme

qui était mort sur la guillotine. Elle avait quêté, pour elle-même, la compassion d'un juré supplémentaire. « C'est bas. C'est indigne. Jamais je ne lui pardonnerai son inconséquence », pensa Étienne. Une rage folle l'envahit, lui tourna la tête.

— J'imagine ce qu'elle a pu vous raconter sur lui, dit-il avec violence. Mais, ce qui m'étonne, c'est de voir que, malgré les précisions qu'elle vous a données, vous acceptez de prendre auprès d'elle la succession d'un assassin.

— En quoi votre mère est-elle responsable des atrocités commises par son mari? Sa malchance, son abnégation me la rendent encore plus chère.

— Quand a-t-elle eu de la malchance? Quand a-t-elle fait preuve d'abnégation? gronda Étienne.

La bave lui montait aux lèvres.

— Votre mère, dit Maxime Joubert, a vécu, à l'époque du procès, des journées terribles. Elle a courageusement lutté pour oublier cette horreur, pour vous élever dignement, pour faire de vous, à l'encontre de votre père, un homme estimable, instruit...

— Je vous défends d'insulter mon père! hurla Étienne.

— Je ne l'insulte pas. Je me borne à constater les faits. Il a plusieurs crimes sur la conscience, et je pense que vous conviendrez avec moi...

— Taisez-vous!... Vous ne pouvez pas comprendre... Vous oubliez que je suis de son sang, que je le continue, que je le représente...

Sa langue butait sur les mots. Un vertige dansait devant ses prunelles.

— Cela ne vous effraie donc pas d'avoir pour beau-fils le fils même de Louis Martin? reprit-il en haletant. Et si j'étais comme lui? Si je lui ressemblais?

— Vous n'avez rien de votre père, dit Maxime Joubert froidement.

— Qu'en savez-vous? glapit Étienne.

Il tira le revolver de sa poche. Maxime Joubert eut un mouvement de recul. Ses joues pâlirent. Son regard devint fixe et dur.

— Que voulez-vous de moi? dit-il enfin.

— Je suis venu pour vous tuer, murmura Étienne.

Maxime Joubert tendit la main vers sa pipe.

— Ne bougez pas! cria Étienne.

Et il songea : « Exactement comme dans les films. » Sa main, docile, revint à sa place. Un silence s'établit entre les deux hommes. Contre la peau de ses doigts, Étienne sentait la masse pure de l'arme, prête à exploser, à donner la mort. La conscience de ce pouvoir lui parut exaltante. Il visait Maxime Joubert et se disait que ce personnage grisonnant, expérimenté, vêtu de riche flanelle et entouré de bouquins précieux, n'existait que dans la mesure où lui, Étienne, acceptait de le laisser vivre. Louis Martin avait dû éprouver la même jubilation devant ses victimes décolorées par la frousse. « Je le tiens à ma merci. Il ne pense plus à Marion, mais à sa chère petite carcasse, qui, d'une seconde à l'autre, aura rendu le dernier soupir. »

— Qu'attendez-vous pour tirer? demanda Maxime
Joubert.

— Cela me regarde, dit Étienne.

Il prolongeait le jeu avec délices. Il devinait que,
derrière son dos, quelqu'un de fort et de compétent
se déclarait satisfait de lui. Son doigt s'engourdissait
sur la gâchette. Le canon de l'arme bougeait imper-
ceptiblement. A l'extrémité de la ligne de mire, il y
avait ce cadavre en préparation. Soudain, Étienne
remarqua que Maxime Joubert portait une cicatrice à
la joue gauche. Un sillon pâle creusait les chairs, sous
la pommette. Blessure de guerre? De quelle guerre?
14 ou 39? Avec les types de cet âge, on ne savait
plus! Étienne était gêné par la cicatrice. Il lui
semblait qu'il eût été plus facile, plus propre, de tuer
un homme à la peau intacte. Comme se parlant à lui-
même, il grommela :

— Je vous tuerai quand je voudrai.

— Je n'en doute pas, dit Maxime Joubert, mais
permettez-moi de vous signaler que votre attitude
procède d'un mauvais calcul.

Il voulait paraître calme. Pourtant, sa figure était
agitée de frissons. Peu à peu, son regard s'élargissait,
s'assombrissait, comme celui d'un hypnotiseur.

— Je ne pense pas à moi en vous disant cela,
reprit-il, mais à vous-même et à votre mère. Après ma
mort, vous serez arrêté, jugé, condamné à la prison
pour de longues années. Et, ainsi, vous aurez
compromis tout votre avenir pour le plaisir relatif de
me loger une balle dans la peau. Quant à votre mère,
elle qui a tant souffert d'avoir eu pour mari un

assassin, comment supportera-t-elle d'apprendre que son fils s'est, à son tour, rendu coupable d'un meurtre?

Les yeux de Maxime Joubert s'agrandirent encore. Pris dans leur rayonnement, Étienne s'abandonnait aux effets d'une fascination agréable. « Cette fois, je tire », pensa-t-il. Mais son index refusait de bouger. Au bout de son bras, le revolver devenait lourd, incommode. Tout à coup, il eut l'impression qu'il lui serait très difficile de faire un vrai mort de ce vivant, assis sur une chaise. Un sourire fugitif effleura les lèvres de Maxime Joubert. La cicatrice pâle s'étira, changea de forme.

— Peut-être n'est-il pas indispensable de me supprimer? dit-il. Peut-être existe-t-il une autre solution, plus logique, moins sale?

Étienne eut envie de se gratter le coude. Les minutes qu'il était en train de vivre formaient comme une petite existence autonome au milieu de son existence, une épreuve violente et hasardeuse, complète en elle-même, insérée dans le courant des journées normales. Bientôt, cette folie allait finir, il se réveillerait, il retrouverait ses soucis familiers, sa chambre, ses ennuis, ses espoirs, ses travaux. Un lâche soulagement s'opéra en lui.

— En somme, dit Maxime Joubert, la haine que vous éprouvez envers moi n'est motivée que par mon intention d'épouser votre mère. Si cette intention n'existait plus, il ne vous viendrait pas à l'idée de m'abattre?

— C'est ça, marmonna Étienne. Renoncez à elle, disparaissez, sinon...

D'un mouvement du poignet, il redressa l'arme qui piquait du nez vers le sol.

— Comment lui annoncerai-je cette résolution saugrenue? demanda Maxime Joubert.

Étienne sentait confusément que sa décision faiblissait et que la chance tournait en faveur de l'autre. Des idées sans suite le traversaient à une vitesse prodigieuse. Il s'efforça de réfléchir, malgré le désordre qui l'agitait. Puis, exténué, anxieux, il chuchota :

— Écrivez une lettre de rupture. Dites-lui que vous ne viendrez pas dîner ce soir et que vous ne la reverrez jamais plus.

Le sourire de Maxime Joubert s'accentua.

— J'exige que vous écriviez cette lettre! rugit Étienne.

Et il fit un pas en avant.

— Soit, dit Maxime Joubert. Dictez-la-moi.

Il attira une feuille de papier et sortit un stylographe de la poche intérieure de son veston. Contournant la table, Étienne vint se placer, debout, à la droite de l'homme, qui persistait à sourire.

— J'attends, dit Maxime Joubert.

— Pourquoi voulez-vous que ce soit moi qui dicte cette lettre?

— Elle correspond si peu à mes sentiments, que je m'avoue incapable de la concevoir par moi-même.

Étienne se pencha légèrement. Son revolver était braqué à quelque trente centimètres du crâne aux cheveux gris bien peignés. Une mince odeur de tabac et d'eau de Cologne entra dans ses narines. Aucune pensée n'occupait plus son esprit. Il était seul. Il mourait de soif dans un désert.

— Eh bien? reprit la voix de Maxime Joubert.

Étienne dressa la tête. Et, soudain, un éclair blanc passa devant ses yeux. Ses doigts violentés s'ouvrirent. Il poussa un cri de douleur. Le revolver, arraché à sa main, était tombé sur la table. Maxime Joubert prit l'arme et la glissa dans sa poche.

— Et voilà, dit-il. Maintenant, nous serons plus à l'aise pour parler.

Après un instant de stupeur, une colère éblouissante éclata dans le cerveau d'Étienne. Ses dents s'entrechoquaient. La honte, la haine secouaient ses nerfs. Désarmé, démuni, réduit à une impuissance grotesque, il répétait :

— Salaud! Salaud!...

— Pourquoi m'injuriez-vous? dit Maxime Joubert. Parce que je vous ai pris votre arme? Ne me laissez pas croire que votre audace vous venait d'un revolver chargé...

Il ne souriait plus. Son visage était sérieux. Ses yeux clairs exprimaient une assurance parfaite.

— Cette lettre, reprit-il, je vous l'ai promise. Donc, vous l'aurez. Mais je n'aime pas travailler sous la menace. Asseyez-vous et dictez.

Étienne considérait Maxime Joubert, comme pour lire sur cette figure le sens des paroles qu'il venait d'entendre. Fauché par une seule réplique, son emportement tombait dans le vide. Pourquoi

Maxime Joubert renonçait-il à exploiter son avantage ? A quel motif obéissait-il en acceptant de rédiger une pareille missive, puisque rien, à présent, ne le contraignait à le faire ? Respect de la parole donnée ? Crainte d'une vengeance à retardement ? « Peu importe. Si j'obtiens de lui la lettre que je désire, ma visite n'aura pas été inutile. Il faut profiter de l'occasion, avant qu'il ait changé d'avis. »

— Au travail, dit Maxime Joubert. « Ma chère Marion... »

— « Ma chère Marion », répéta Étienne d'une voix détimbrée.

Il avait de la peine à se tenir debout. Faisant un effort sur lui-même, il poursuivit :

— « Après mûres réflexions, je préfère ne plus vous revoir... »

Et il songea : « Au fait, il la tutoie, peut-être ? »

La plume grinça sur le papier.

— « ... Ne plus vous revoir », dit Maxime Joubert.

— « Ne vous étonnez donc pas, reprit Étienne, si je ne parais pas au dîner de ce soir. Et, surtout, n'essayez pas de me rencontrer, à l'avenir... »

Il hésita une seconde. Chaque mot qu'il disait lui déchirait la gorge. Il avait l'impression d'insulter Marion. Comme si cette lettre eût exprimé ses sentiments personnels, et non plus ceux de Maxime Joubert. Comme si ce fût lui, Étienne qui infligeât à sa mère l'humiliation d'une indifférence cynique.

— Continuez, dit Maxime Joubert.

— Attendez, murmura Étienne.

— Vous ne savez plus quoi dire?

— Si, si...

Il rougit et se jugea ridicule, tel un cancre appelé devant le tableau noir pour réciter une leçon qu'il n'a pas apprise.

— « Tout est fini entre nous », prononça-t-il enfin.

— Parfait, dit Maxime Joubert. (Et il écrivit la phrase.) Ensuite?

— Heu... Mettez, mettez : « Cela vaut mieux ainsi. Cette union eût compliqué votre vie et la mienne. Je l'ai compris, maintenant... »

— Pas si vite, s'il vous plaît. J'y suis : « Je l'ai compris, maintenant. » Est-ce tout?

— Non. Ajoutez : « Adieu, Marion. Pardonnez-moi... »

La voix d'Étienne se brisa. Il ne pouvait plus parler. Il lui sembla que sa poitrine éclatait sous la poussée violente de son cœur.

— C'est fini, dit Maxime Joubert. Je signe. Je date. Et, comme convenu, vous remettez ce document à votre mère.

Il glissa la lettre dans une enveloppe, sans la cacheter, écrivit l'adresse :

— Si vous voulez lire...

Une main, tenant le pli, s'avançait vers Étienne. Mais il la voyait à peine. Il avait atteint les limites de son malheur. Il quittait la terre à travers un brouillard de larmes.

— Maintenant, j'apprécie mieux l'inquiétude de votre mère, dit Maxime Joubert. Elle a souvent regretté, devant moi, la révélation qu'elle vous a faite au sujet de Louis Martin. Depuis ce jour-là, paraît-il, vous avez changé. Vous êtes devenu taciturne, secret, irritable... Est-ce exact?

Étienne baissa la tête et grommela :

— Laissez-moi partir !...

— Vous êtes libre, mais j'aimerais vous dire quelques mots...

— Je ne vous écouterai pas.

— Il s'agit de Louis Martin. Vous vous êtes monté le coup avec cette histoire d'hérédité criminelle. Vous avez cru que vous aviez l'étoffe d'un assassin...

— Rendez-moi le revolver...

— Si je vous rendais le revolver, vous ne sauriez plus vous en servir. A votre place, Louis Martin n'aurait pas perdu de temps à m'expliquer les raisons de sa visite. Je serais mort avant même d'avoir pu lui demander son nom.

Il se leva, posa la lettre sur le coin de la table et commença à bourrer une pipe. La flamme d'une allumette jaillit et éclaira le bas de son visage. Une fumée âcre sortit du fourneau. Étienne fit un pas vers la porte.

— Attendez ! s'écria Maxime Joubert. Je voudrais vous parler encore...

Comme dominé par une volonté supérieure, Étienne s'arrêta. Sa propre docilité l'étonnait. Il la mettait sur le compte de l'extrême lassitude qui avait envahi ses membres et son cerveau.

— Votre mère m'a dit que vous vous passionniez pour la philosophie, reprit Maxime Joubert. Moi aussi, j'aime la philosophie.

— Tant mieux pour vous, dit Étienne.

Maxime Joubert tirait sur sa pipe, à petits coups :

— La philosophie est une science admirable. Pourtant, n'avez-vous pas remarqué que l'originalité des philosophes consistait à agencer des idées anciennes selon une combinaison moderne et à trouver des termes neufs pour définir des choses vieilles comme le monde? Pris par ce jeu intellectuel, obsédés par la maladie des systèmes et des formules, ils s'éloignent de plus en plus de la « vie vivante ». On ne peut pas expliquer et, par conséquent, limiter la vie vivante. On ne peut que la subir dans ses alternances de joie et de douleur, de mystère et de clarté. Nul traité de philosophie ne saurait justifier, commenter, les minutes que nous vivons ici, vous et moi.

Étienne haussa les épaules.

— Vous trouvez que j'ai tort? reprit Maxime Joubert. Vous faites confiance aveuglément à une théorie? Toute théorie est neutre, par essence, mais l'homme l'anime, l'enflamme, en y projetant sa passion. Pour le plaisir de prouver qu'il a raison, il transforme la logique en démence, la démonstration en épilepsie. Faites-vous de la culture physique?

Interloqué, Étienne répondit :

— Oui.

— Je vous en félicite. Mais, lorsque vous avez fini votre séance de culture physique, vous ne sortez pas dans la rue à quatre pattes, sous prétexte que cet exercice d'assouplissement vous a été recommandé par votre professeur. De même, bien que la philosophie soit considérée comme une excellente gymnastique de l'esprit, serait-il absurde d'appliquer intégralement les principes de telle ou telle doctrine dans toutes les circonstances de la vie.

Il sourit. Étienne détourna la tête et murmura :

— Ce que vous dites est idiot !

— Pas tant que ça ! Je vous assure que, si la philosophie est l'étude de la vie, la vie n'est pas l'étude de la philosophie. D'ailleurs, sauf de rares exceptions, les philosophes ont vécu selon leur instinct, bien plus que selon leur raison...

Tout en parlant, il s'était approché des rayons chargés de livres. Sa main glissa, amicale, sur le dos des volumes alignés.

— Avez-vous lu la biographie des philosophes que vous admirez ? demanda-t-il.

— Non, dit Étienne.

— C'est un tort. L'histoire des hommes est souvent aussi instructive que l'histoire de leurs pensées. Si mes souvenirs sont exacts, Schopenhauer, le pessimiste, qui méprisait la vie et aspirait au néant, s'était installé à Francfort, parce que, selon les statistiques, cette ville accusait un faible pourcentage de mortalité. Jean-Jacques Rousseau rédigeait un traité d'une délicatesse exquise sur l'éducation des enfants, mais abandonnait les siens à la charité publique. Heidegger se posait en apôtre de l'individualisme et de l'angoisse féconde, mais s'inscrivait au parti nazi, par crainte des répressions policières. Et, de nos jours, combien de jeunes philosophes prêchent les délices de l'absurdité et conduisent leur destinée avec une logique commerciale infaillible?

— J'en connais un qui vit comme un paria, dit Étienne sur un ton de défi.

— Ça lui passera, soupira Maxime Joubert. Seul don Quichotte a scrupuleusement réglé son attitude sur l'idée qu'il se faisait du monde. On vous a bourré de philosophie. Et vous n'avez pas eu le temps de la digérer. N'essayez donc plus d'agir, de sentir, selon les conseils d'un autre. Soyez vous-même, de la tête aux pieds. Tout à l'heure, devant moi, vous n'étiez pas vous-même. Vous forciez votre vraie nature. La preuve en est que vous ne me tenez plus rigueur de vous avoir dépossédé de votre revolver. Peut-être même, ne me considérez-vous plus tout à fait comme un ennemi?...

— Je vous hais, articula Étienne d'une voix rauque.

— C'est dommage. Personnellement, je vous trouve plutôt sympathique.

De nouveau, ce mince sourire, ce regard loyal, le gris de l'étoffe et des cheveux, la blancheur de la main serrant la pipe. Un paquet de sang cogna le visage d'Étienne. Pivotant sur ses talons, il se dirigea vers la porte.

— Vous oubliez votre lettre, dit Maxime Joubert.

Étienne revint sur ses pas, prit l'enveloppe, et, la tenant à la main, sortit de la pièce sans se retourner. Quand il fut dans la rue, un soupçon tragique le saisit. Maxime Joubert n'avait-il pas, en le rédigeant, modifié le texte de la missive? Avec des doigts

fébriles, il déplia le feuillet. Sur la page de papier
blanc, les mots qu'il avait dictés s'alignaient au gré
d'une écriture rapide. Étienne poussa un soupir de
délivrance. « J'ai tout de même gagné la partie. »
Une pluie fine, imperceptible, descendait du ciel.
L'asphalte était luisant. Sur le trottoir, des gens
marchaient, tête basse. La montre d'Étienne marquait sept heures vingt. Il prit un taxi pour rentrer
chez lui.

L'auto roulait à petite vitesse. Appuyé de tout son
poids au dossier de la banquette, Étienne reprenait
son souffle et s'efforçait de prévoir la suite des
événements. Après avoir affronté Maxime Joubert, il
allait affronter Marion. Avec elle, le jeu serait plus
facile. « Pas un mot de ma visite chez cet homme. Je
dirai à maman que j'ai trouvé l'enveloppe dans notre
casier, chez la concierge. Ne pas oublier de cacheter
le pli. Elle lira le billet. Elle sera atterrée. Et, dans
quelques jours, elle n'y pensera plus. » Le chauffeur
donna un coup de frein. Étienne tressaillit. Un juron
tomba de ses lèvres. Il avait oublié le revolver. Si
Marion remarquait la disparition de cette arme, elle
soupçonnerait aussitôt son fils de l'avoir emportée. Il
faudrait présenter des explications, inventer un nouveau mensonge. Il s'affolait. Les idées se remettaient
à tourbillonner dans sa tête. « Du calme. Envisa-
geons le problème en face. Il est rare que Marion
ouvre le tiroir de sa table de nuit. J'écrirai à Maxime
Joubert pour qu'il laisse le revolver chez son
concierge, ou me le renvoie par la poste. Il ne
refusera pas. C'est un gars correct. Il aurait pu me

flanquer à la porte après m'avoir confisqué le pétard.
Or, il s'en est bien gardé. Il n'a même pas abusé de
son pouvoir pour m'humilier davantage. Si l'avenir
de Marion n'était pas en jeu, j'éprouverais peut-être
du plaisir à revoir ce type. Il faudra vérifier si ce qu'il
m'a dit de Schopenhauer, de Rousseau, de Heidegger, est exact. » Plus il réfléchissait au cas de Maxime
Joubert, plus il s'étonnait du courage de cet homme,
qui désirait épouser Marion, malgré tout ce qu'il
savait d'elle. Seul un très grand amour, insensé,
aveuglant, pouvait justifier cette décision d'entrer
dans un milieu fidèle au souvenir de Louis Martin.
Étienne se demanda si, à la place de Maxime
Joubert, il n'eût pas reculé devant la perspective de
donner son nom à la veuve d'un assassin, de
recueillir le fils d'un assassin. Et M. Thuillier, si large
d'esprit, si éloquent, si catégorique, quelle eût été son
attitude, en l'occurrence? Et les autres, les penseurs
professionnels, les philosophes patentés? « Mais non,
il n'aime pas ma mère, il ne l'aime plus. S'il l'avait
aimée, il n'aurait pas accepté d'écrire cette lettre. Il
cherchait un prétexte pour rompre. Je le lui ai fourni.
Le voici libre. Tout est bien ainsi. » Son esprit
s'apaisait. Il allongea les jambes. A présent, il ne
doutait plus d'avoir agi dans l'intérêt de Marion. Il
imaginait, pour elle et pour lui, une longue suite de
jours heureux. Plus tard, il lui avouerait tout et elle le
remercierait de lui avoir épargné les servitudes d'un
mariage inutile. « Quand on a été la femme de Louis
Martin... » Il n'acheva pas sa pensée. Le sentiment
d'une erreur se glissait en lui, vague et insinuant,

comme l'annonce d'un vertige. Il voulut se défendre
contre cette impression nauséeuse et évoqua, une fois
de plus, le souvenir de son père. Mais, dans le monde
intérieur où Étienne l'appelait à paraître, Louis
Martin ne venait plus. Il restait dehors, avec les
autres. Il se contentait d'être ce qu'il avait été.
« Maintenant, je sais en quoi consiste le travail de
celui qui tue. Ce que je n'ai pu faire, il l'a fait, à
plusieurs reprises, délibérément. Il a trouvé en lui, au
bon moment, le courage formidable, incroyable, de
priver un être de son avenir. Il a osé dénouer,
trancher, ce qui avait été assemblé par une volonté
supérieure. Entre nous deux existe cette différence ;
aussi brève que l'instant qui sépare le coup de feu de
la mort, aussi indéfinissable que le changement de
couleur d'un œil dont le regard se fige. Rien, presque
rien... » Une petite peur lui pinça le diaphragme. Il
rentra la tête dans les épaules, comme pour éviter
l'aile d'une chauve-souris. La colonne de la place de
l'Alma s'effaça, en pivotant sur elle-même, pour
laisser passer la voiture. Des rues, des arbres, un
pont, des hommes, la ville affairée, absurde, bavarde,
avec son négoce et ses encombrements d'autos. « Et
moi, là-dedans, que suis-je? Que vais-je devenir? » Il
vogua un long moment sur cette idée, comme sur un
nuage. Puis, le taxi s'arrêta. Étienne reconnut la
façade de la maison. Puissance mystérieuse des
domiciles. Quelle que fût la folie des hommes, ils
retombaient, à heures fixes, dans les mêmes alvéoles.
Vivre, c'était d'abord habiter quelque part. Étienne
paya le chauffeur de taxi. La pluie avait cessé.

— Gardez la monnaie, dit-il.

Le chauffeur effleura du doigt le bord de sa casquette. Réfugié sous le porche de la maison, Étienne relut la lettre, colla l'enveloppe et la remit dans la poche de son veston.

*

Une odeur de poulet rôti embaumait l'antichambre. Marion sortit de la cuisine.

— J'étais inquiète, dit-elle. Tu as filé sans me prévenir... Quelle heure est-il donc?

— Sept heures et demie, environ.

— Déjà! Toutes ces courses m'ont retardée!...

Elle regardait son fils, avec une curiosité implorante, comme pour chercher à savoir dans quel état d'esprit il se présentait à elle. Après l'explication qu'ils avaient eue ensemble dans la matinée, elle hésitait encore, visiblement, à le croire soumis. Une ombre passa dans ses yeux. Puis, elle secoua la tête et dit gaiement :

— J'ai dressé la table. Va voir s'il ne manque rien.

Étienne toucha, du bout des doigts, dans sa poche, la lettre raide et rectangulaire. C'était maintenant qu'il fallait la remettre à Marion. Sans lui laisser le temps de pousser plus loin ses préparatifs et de s'installer dans l'espoir. Plus vite il assènerait le coup, moins elle souffrirait de la blessure. Tout en se répétant que, dans la conjoncture actuelle, la charité consistait à être impitoyable, il franchit le seuil de la salle à manger et s'immobilisa, ébloui. Les lampes de la suspension étaient allumées. Un vieux châle à fleurs (tiré de quel placard?) masquait entièrement la machine à coudre. Les rouleaux d'étoffe, les patrons, les ciseaux avaient disparu. La table était drapée d'une nappe aux plis amidonnés. Au centre de ce champ de neige, des corolles de camélia trempaient dans un récipient plat, en cristal. Tout autour, s'alignaient des raviers chargés de hors-d'œuvre. Une bouteille de vin rouge montait la garde au-dessus de ces victuailles appétissantes. Le couvert était mis pour trois personnes. Des serviettes, pliées en portefeuille, reposaient sur les assiettes blanches à filet bleu.

— Ce sera un petit repas tout simple, dit Marion.

Elle était entrée derrière lui pour quêter son approbation. La gorge serrée, il murmura :

— Oui, maman...

Mieux qu'une confidence, la vue de cette table ornée et servie avec soin le renseignait sur l'importance que sa mère attachait à la visite de Maxime Joubert. Les anchois marinés et les champignons à la grecque témoignaient en faveur de celle qui les avait achetés. Les olives et le foie gras en gelée devenaient des preuves d'amour. Se pouvait-il que tant de dépenses et tant d'apprêts eussent été faits en pure perte? Il se tourna vers Marion. Elle souriait, anxieuse, vaillante, le visage fardé. Un tailleur noir, cintré à la taille, assignait à sa silhouette une petite place stricte et sérieuse dans ce décor de lumière.

— Tu t'es donné bien du mal, Marion, dit-il d'une voix sourde.

14

— Mais non. Si tu savais comme j'ai eu du plaisir à tout arranger!...

Il songea que, sans doute, elle avait tenu compte des préférences de Maxime Joubert en composant le menu et en choisissant les vins. Ce soupçon mit le comble à son désarroi. De nouveau, ses doigts tremblants caressèrent l'enveloppe dans le creux de sa poche. La lettre était une arme, plus redoutable encore que le revolver. Une fois de plus, il avait, à portée de sa main, de quoi détruire une vie. La victime était là, inconsciente du danger, heureuse d'être femme, sûre de plaire. « Et pourtant, il faut que j'agisse. Je suis allé trop loin. Je ne peux plus reculer. » Il prit la lettre, entre le pouce et l'index, l'extirpa lentement de sa cachette.

— Je retourne dans la cuisine, dit Marion. Il faut que je surveille mon poulet.

Il renfonça l'enveloppe dans sa poche. Ce sursis, qu'il n'avait pas demandé, lui parut salutaire. Face à la table servie, il reprenait des forces et essayait de réfléchir calmement. Les paroles de Maxime Joubert lui revenaient en mémoire : « La vie vivante... on ne peut pas l'expliquer... on ne peut que la subir dans ses alternances de joie et de douleur, de mystère et de clarté... » Marion était plongée jusqu'au cou dans cette vie vivante, dont la nappe, le poulet, les lumières électriques étaient des symboles indiscutables. Elle puisait son plaisir aux sources les plus humbles. Tandis que lui... Le parfum poivré des hors-d'œuvre chatouillait finement ses narines. Avec stupeur, avec indignation, il constata qu'il avait faim.

En un pareil moment ? C'était presque de l'indécence. Tout son esprit se révoltait contre l'exigence agaçante de son estomac. Il recula d'un pas et s'adossa au mur. Son cœur lui faisait mal. « Il ne viendra pas. Nous serons obligés de nous mettre à table, l'un en face de l'autre. Manger tout cela, à nous deux. Et Marion sera si triste ! Comment la consolerai-je ? Le foie gras, les rondelles de tomate... C'est impossible... impossible... » Son regard embrassait la nappe, les couverts, les plats, comme il eût fait d'une citadelle imprenable. Il se sentait vaincu par la seule présence des fleurs et des aliments. Il capitulait devant les nécessités quotidiennes de l'existence.

La voix de Marion retentit :

— Coupe le pain, Étienne.

— Oui, maman.

— Des tranches minces...

Il prit le pain sur la desserte et choisit un couteau bien aiguisé. La lame entamait la croûte avec un craquement sympathique. Des miettes tombaient sur la nappe. Peu à peu, l'idée que Maxime Joubert pût entrer dans cette pièce, s'asseoir, manger, parler, sourire devant Marion, ne lui semblait plus inacceptable. Il l'imaginait même très bien, placé dans ce décor familier, avec ses cheveux gris, son œil clair et sa petite cicatrice. En vérité, il avait presque envie de le revoir, de l'entendre encore. « Qu'est-ce qui me prend ? Je le déteste et je souhaite sa venue. Mais c'est pour elle, uniquement pour elle. »

Il disposa les morceaux de pain dans une panière en osier :

— C'est fait, maman.

— Le vin blanc est derrière la fenêtre, dans une cuvette, avec de la glace. Il va être trop froid. Tu devrais peut-être le déboucher...

C'était une bouteille haute et fine, à capsule jaune : du Traminer. Étienne ouvrit le tiroir de la desserte, empoigna un tire-bouchon et serra le flacon entre ses cuisses. Des casseroles tintèrent. Il eut l'impression d'être berné par quelque diable mesquin. Un chavirement horrible s'opérait en lui. Comme si son âme se fût retournée, d'un seul bloc, dans sa tête. Il se rappela les termes de la lettre : « Tout est fini entre nous... Cette union eût compliqué votre vie et la mienne. » Chaque mot, destiné à blesser Marion, le blessait lui-même. Il se découvrait responsable d'une catastrophe sans nom. Tout, dans sa conduite, jusqu'à cet instant, lui paraissait l'œuvre d'un insensé. Le bouchon claqua en sortant du goulot. Étienne posa la bouteille sur la table. Et Marion qui ne soupçonnait rien! Un élan de pitié incoercible le poussa vers cette femme, sa mère, qui s'affairait dans la cuisine et rêvait de bonheur en arrosant le poulet avec du jus brûlant. De la savoir si humble, si courageuse, devant le mystère de l'avenir, la lui rendait doublement aimable. Il ne pouvait plus tolérer l'idée de la décevoir. La violence de sa conviction était telle, que des larmes lui montèrent aux yeux. « Que faire? De quelle façon réparer le mal? » C'était comme une effusion, hors de sa chair anéantie, de mille gouttes d'eau et de sang. D'un geste furieux, il plongea la main dans sa poche et froissa la lettre. Coûte que coûte, il fallait que Maxime Joubert assistât au dîner de ce soir. « Lui téléphoner. Pas d'ici, bien sûr. Il y a une cabine téléphonique dans le bistrot, à côté. J'irai. Je lui parlerai. Il me prendra pour un fou. Ça m'est égal. Il refusera peut-être? Non. Il ne pourra pas. Je saurai le convaincre... » Tel un forcené, il se précipita dans l'antichambre.

— Où vas-tu, Étienne? demanda Marion.

Il marqua un temps d'arrêt, reprit son souffle et répondit faiblement :

— Acheter des cigarettes, maman.

— Ne sois pas trop long, mon chéri.

Dans l'escalier, il dévala les marches, deux par deux, sans se tenir à la rampe. Cet effort saccadé contentait en lui un besoin de dépense physique. Hors d'haleine, la bouche ouverte, il passa, toujours courant, devant la loge de la concierge, sortit dans la rue, fonça vers le bistrot aux larges vitres illuminées. Par chance, la cabine téléphonique était libre. D'une main rapide, il feuilleta l'annuaire, qui se trouvait posé sur une planchette. Les pages fripées, maculées, étaient à peine lisibles : Élysées 92-50. Étienne forma le numéro et attendit, le ventre crispé, les oreilles bourdonnantes. La sonnerie régulière vrillait son tympan. Un déclic retentit. A l'autre bout du fil, la voix de la femme de chambre demanda :

— Allô? Vous désirez?

Étienne appuya sur le bouton du taxiphone et le jeton bascula dans la caisse, avec un bruit net.

— Je voudrais parler à M. Maxime Joubert, dit-il.

— Je vais voir si Monsieur est encore là. C'est de la part de qui?

— De la part de M. Étienne Martin.

La femme de chambre s'éloigna et fut remplacée par un grand vide noir. Étienne se mordit les lèvres. Il avait tout prévu, sauf le fait que Maxime Joubert, après lui avoir remis la lettre, avait pu disposer de sa soirée pour dîner en ville avec des amis. S'il en était ainsi, comment Étienne oserait-il affronter sa mère? Lui laisserait-il attendre indéfiniment l'arrivée de son invité? Ou lui avouerait-il, sans détours, la machination abominable qui expliquait cette absence? Un mouvement de panique s'empara de son esprit à la seule perspective d'une confession aussi douloureuse. « Mon Dieu, faites qu'il soit là! Faites qu'il vienne au téléphone! Faites qu'il m'entende, qu'il me sauve! » Son oreille, collée à l'écouteur, devenait chaude et volumineuse. Un filet de sueur coulait sur sa joue droite. Soudain, il tressaillit, cinglé par une joie foudroyante. La voix de Maxime Joubert :

— Allô, Étienne?

Il ferma les paupières et balbutia :

— Oui.

— Que se passe-t-il?

— Je n'ai pas remis la lettre... Je n'ai pas pu...

Il y eut un silence. Étienne, accablé, moulu, rouvrit les yeux. Les parois de la cabine étaient gravées d'inscriptions diverses. Numéros de téléphone, cœurs percés de flèches et prénoms féminins.

— Vous avez bien fait, dit enfin Maxime Joubert.

J'avoue que j'attendais de vos nouvelles avec impatience...

— Vous saviez que je vous téléphonerais?

— Croyez-vous que je vous aurais donné cette lettre, si j'avais pu supposer, une seule seconde, que vous iriez jusqu'au bout de vos intentions?

Étienne eut un haut-le-corps :

— Vous vous êtes donc moqué de moi?

— Non. Je vous ai fourni l'occasion de prendre vos responsabilités, vis-à-vis de votre mère et de moi-même. Je vous ai fait confiance. Allez-vous me le reprocher?

Étienne ne répondit pas. Après ce qu'il avait vécu, toute révolte lui paraissait impossible.

— D'où me parlez-vous? reprit Maxime Joubert.

— D'un bistrot, dit Étienne.

Il hésita un peu et ajouta d'une voix morne :

— Je m'excuse. Maman n'est au courant de rien. Elle vous attend. Il faut que vous veniez.

Il lui sembla que la vie s'échappait de lui avec ces dernières paroles. Comme Maxime Joubert se taisait, il murmura encore, sur un ton implorant :

— Venez, je vous en prie. C'est nécessaire...

— J'arrive, dit Maxime Joubert.

Et il raccrocha l'appareil.

Étienne sortit de la cabine et traversa la salle en marchant d'un pas raide, tel un somnambule. Au fond de la glace qui surmontait le comptoir, il aperçut un grand garçon, maigre et blond, hagard, décoiffé, qui glissait dans la fumée bleuâtre des cigarettes. L'air tiède de la rue lui caressa le visage. Il s'assit sur un banc, sous un lampadaire. Une lassitude triste le gagnait par degrés, comme l'ombre s'empare du ciel. Les nerfs rompus, il s'ouvrait à cette impression suave de défaite et de délivrance. Jusqu'au fond de son être, il sentait qu'il avait demandé à la vie plus que la vie ne pouvait donner. Oui, c'était bien cela : ignorant la résistance que les choses, les âmes et les mots opposent à celui qui prétend broyer l'ordre de l'univers, il avait cru être un sage parmi les sages et son incompétence avait failli se traduire par un désastre. Maintenant, ayant évité le pire, il se détournait de ses illusions et n'espérait plus de l'existence qu'un peu de paix studieuse, d'amitié, de tendresse. L'essentiel, au terme de ce combat, était que Marion fût heureuse : « Tout pour elle. » De longues minutes passèrent, durant lesquelles il rêva à son avenir. Le mouvement et le bruit de l'avenue le baignaient, comme s'il eût été un récif solitaire.

Tout à coup, il se dressa sur ses jambes. Une auto, noire et basse, venait de se ranger, à vingt mètres de lui, contre le trottoir. Maxime Joubert descendit de voiture, claqua la portière et s'engouffra sous le porche de l'immeuble. Les lèvres d'Étienne exhalèrent une plainte sourde. Un autobus passa, puéril et grondant, avec sa guirlande de visages pris sous verre. « Il sort de l'ascenseur. Il sonne à la porte. Elle ouvre. Elle tombe dans ses bras. » Un instant encore, Étienne regarda les façades, le ciel, les autos qui roulaient dans l'avenue de Tourville. Puis, pas à pas, sans hâte, il se dirigea, à son tour, vers la maison.

Sur le palier, il éprouva, une dernière fois, l'envie de s'échapper, de fuir. Une voix virile traversait le battant de bois plein. Étienne n'était plus chez lui. Il rendait visite à sa mère. Oubliant qu'il avait une clef dans sa poche, il appuya sur le bouton de sonnette. La porte s'ouvrit. Les lumières brillaient. Les meubles et les murs avaient fait peau neuve. Un chapeau d'homme était pendu au portemanteau. L'air même n'était plus celui de tous les jours. Comme sous l'empire d'un songe, Étienne vit Marion, qui s'avançait vers lui, inquiète, légère, méconnaissable. Son visage était taillé dans une matière translucide, d'où les traces de fatigue et d'usure avaient disparu. Une douce interrogation éclairait son regard. Elle prit le bras de son fils et l'entraîna dans la salle à manger. L'homme était là, debout devant la table. Une main se tendit vers Étienne. Il la serra sans réfléchir, avec le sentiment d'être secouru dans un naufrage. Une joie inattendue le frappa au cœur. Marion dit :

— Je vous présente : mon fils, M. Maxime Joubert.

ŒUVRES DE HENRI TROYAT

Romans isolés

FAUX JOUR (Plon)
LE VIVIER (Plon)
GRANDEUR NATURE (Plon)
L'ARAIGNE (Plon) *Prix Goncourt 1938*
LE MORT SAISIT LE VIF (Plon)
LE SIGNE DU TAUREAU (Plon)
LA TÊTE SUR LES ÉPAULES (Plon)

UNE EXTRÊME AMITIÉ (La Table Ronde)
LA NEIGE EN DEUIL (Flammarion)
LA PIERRE, LA FEUILLE ET LES CISEAUX (Flammarion)
ANNE PRÉDAILLE (Flammarion)
GRIMBOSQ (Flammarion)

Cycles romanesques

LES SEMAILLES ET LES MOISSONS (Plon)
  I. Les Semailles et les moissons
  II. Amélie
  III. La Grive
  IV. Tendre et violente Élisabeth
  V. La Rencontre

LES EYGLETIÈRE (Flammarion)
  I. Les Eygletière
  II. La Faim des lionceaux
  III. La Malandre

LA LUMIÈRE DES JUSTES (Flammarion)
  I. Les Compagnons du coquelicot
  II. La Barynia
  III. La Gloire des vaincus

  IV. Les Dames de Sibérie
  V. Sophie ou la fin des combats

LES HÉRITIERS DE L'AVENIR (Flammarion)
  I. Le Cahier
  II. Cent un coups de canon
  III. L'Éléphant blanc

TANT QUE LA TERRE DURERA... (La Table Ronde)
  I. Tant que la terre durera...
  II. Le Sac et la cendre
  III. Étrangers sur la terre

LE MOSCOVITE (Flammarion)
  I. Le Moscovite
  II. Les Désordres secrets
  III. Les Feux du matin

Nouvelles

LA CLEF DE VOÛTE (Plon)
LA FOSSE COMMUNE (Plon)
DU PHILANTHROPE À LA ROUQUINE (Flammarion)

LE JUGEMENT DE DIEU (Plon)
LE GESTE D'ÈVE (Flammarion)
LES AILES DU DIABLE (Flammarion)

Biographies

DOSTOÏEVSKI (Fayard)
POUCHKINE (Plon)
L'ÉTRANGE DESTIN DE LERMONTOV (Plon)

TOLSTOÏ (Fayard)
GOGOL (Flammarion)

Achevé d'imprimer en décembre 1988
sur les presses de l'Imprimerie Bussière
à Saint-Amand (Cher)